# Meu Guri

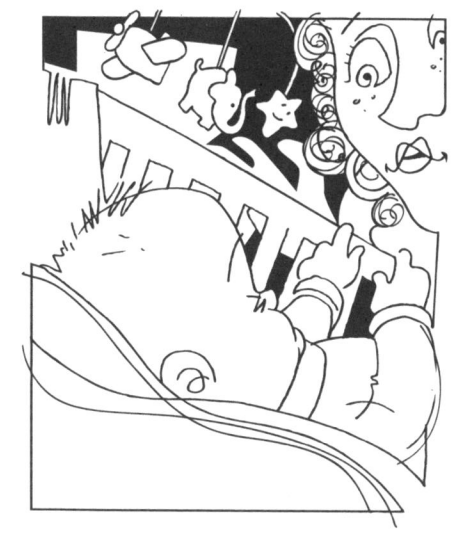

CB047271

David Coimbra

# Meu Guri

Ilustrações de Gilmar Fraga

L&PM
EDITORES

*Capa:* Ivan Pinheiro Machado sobre ilustração de Gilmar Fraga
*Ilustrações:* Gilmar Fraga
*Foto da capa:* Márcia Camara
*Projeto gráfico:* Ivan Pinheiro Machado
*Revisão:* Larissa Roso e Jó Saldanha

CIP-Brasil. Catalogação-na-Fonte
Sindicato Nacional dos Editores de Livros, RJ

C633m    Coimbra, David, 1962-
           Meu guri / David Coimbra ; [ilustrações de Gilmar Fraga]. –
        Porto Alegre, RS: L&PM, 2008.
        192p. : il.

        ISBN 978-85-254-1810-4

        1. Crônica brasileira. I. Título.

08-4109.                    CDD: 869.98
                           CDU: 821.134.3(81)-8

© David Coimbra, 2008

Todos os direitos desta edição reservados a L&PM Editores
Rua Comendador Coruja 314, loja 9 – Floresta – 90.220-180
Porto Alegre – RS – Brasil / Fone: 51.3225.5777 – Fax: 51.3221-5380

PEDIDOS & DEPTO. COMERCIAL: vendas@lpm.com.br
FALE CONOSCO: info@lpm.com.br
www.lpm.com.br

Impresso no Brasil
Primavera de 2008

# Sumário

APRESENTAÇÃO ................................................................. 9

1. O ESPERMATOZÓIDE EM BUSCA DE UM LAR
   O espermograma ........................................................ 13
   Os homens desabafam ................................................ 15
   Corrida louca pelas ruas da cidade ............................ 16

2. FOI DADA A LARGADA!
   Nome de homem é mais difícil ................................... 21
   O desembargador ....................................................... 23
   O que faz uma grávida chorar .................................... 25

3. O PODER DA BARRIGA
   Altos papos com o barrigão ....................................... 31
   Gravidez de rainha ..................................................... 33
   Com o rei na barriga .................................................. 35
   Água quente! Muita água quente! ............................. 37
   Malditos veteranos ..................................................... 39
   Tragam uma Malzbier! ............................................... 41
   A conspiração da jóia ................................................ 43
   O significado do pijama ............................................ 45
   A mão que balança o berço ....................................... 47

4. NA CARA DO GOL
   Da inutilidade do pai ................................................. 51
   O perigo dos sete meses ............................................ 53
   Com-ple-ta-men-te nua .............................................. 55
   Se não tê-los, como sabê-lo? ..................................... 57
   Coisas irritantes ......................................................... 60
   A queda do tampão .................................................... 62

5. É CHEGADA A HORA!
Nasceu o Bernardo ........................................................... 67
No balcão do cartório ...................................................... 71

6. A FORÇA DO RECÉM-NASCIDO
O pequeno gnu ................................................................ 75
O nenê dopado ................................................................ 77
Quanta decepção! ............................................................. 79
Primeiro conselho ............................................................ 81
Nenês sabem meter medo ............................................... 83
O gostosão do banho ....................................................... 85
O arroto, esse injustiçado ................................................. 87
O supositório ................................................................... 89

7. OS PRIMEIROS MESES
Tiuquetiuquetiuque ......................................................... 93
O cotovelo do tio ............................................................. 95
Maldito sono ................................................................... 97
O guarda-chuva ............................................................... 99
Pequenos chineses e roqueiros grandes ........................... 101
O pintassilgo Perna Gorda .............................................. 103
Querido diário ............................................................... 105
O cocô ........................................................................... 107

8. QUATRO MESES
Nenês mordidos ............................................................. 111
O que dá celulite ............................................................ 113
Os nenês e as bombas ..................................................... 115
Solteiros e sem filhos ...................................................... 117

9. CINCO MESES
O pesadelo ..................................................................... 121
O pai veterano ............................................................... 123
Um dia sem o Bernardo ................................................. 125
A agulha ........................................................................ 127

10. Seis meses
Cuidado com a síndrome .................................................. 131
A cara do pai ..................................................................... 133
A mãozinha dele ................................................................ 135
Com quantos brinquedos se faz um nenê? ....................... 137
Joe Cocker não ................................................................... 139

11. Sete meses
O cocozão ........................................................................... 143
Fofolino .............................................................................. 145
Pai do Sant'Ana .................................................................. 147
A volúpia do sangue .......................................................... 149
Perigo rastejante ................................................................ 151
Sou um viciado .................................................................. 153

12. Oito meses
Uma vitória do desembargador ........................................ 157
Os perigos da infância ...................................................... 159

13. Nove meses
A primeira palavra ............................................................. 165

14. Dez meses
Dez coisas na frente do nenê ............................................ 169
Bolacha maria .................................................................... 171
Coisas que o Bernardo sabe fazer ..................................... 173
O pai do Bernardo ............................................................. 175

15. Onze meses
Agora sim, a primeira palavra mesmo! ............................ 179
Escadas e celulares ............................................................ 181
Quero requintes de crueldade! ......................................... 183
O nenê faz um ano ............................................................ 187

# Apresentação

Um dia escrevi sobre o teste de espermograma. É um teste que a gente faz para saber se os espermas da gente estão em ordem e tudo mais. Para ter filho, manja? Fiz o tal teste. Um troço esquisito. Você chega a um balcão e eles lhe dão um pote e lhe empurram para uma salinha com vídeos e revistas pornô. Você tem que se masturbar ali naquela salinha e colocar o esperma dentro do pote e depois se limpar com um papel higiênico que está em cima da mesa na salinha, fechar as calças e em seguida sair da salinha e entregar o pote cheio do seu esperma para a moça que o atendeu e ela olha para você e você para ela e isso é tudo. É assim o teste do espermograma. Escrevi a respeito e, depois, escrevi mais uma ou duas coisas sobre grávidas, que minha mulher estava grávida, sinal de que passei no teste do espermograma.

O Marcelo Rech gostou desses textos sobre espermogramas e grávidas. O Marcelo Rech é o diretor de redação de *Zero Hora*. Aí ele me chamou e disse:

– Que tal fazer uma coluna para o caderno "Meu Filho" sobre isso de ser pai?

Tudo bem. Comecei a escrever. Toda segunda-feira contava aos leitores acerca das minhas impressões ao lidar com uma grávida, que, bem, não era qualquer grávida – era a *minha* grávida. Assim, fiz pequenos relatos acerca do momento anterior à gravidez, depois de cada etapa da gravidez propriamente dita, desde as primeiras semanas até o parto e, na seqüência, de todo o primeiro ano do nenê.

Não me preocupei em escrever as colunas em estilo rebuscado. A singeleza do relato era mais importante para mim, porque o conteúdo do que estava contando, afinal, é o que há de mais simples e, ao mesmo tempo, mais poderoso para um homem: a experiência da paternidade. Por isso mesmo, me surpreendi com a forma como os textos cativaram os leitores de *Zero Hora* – ou boa parte deles. Muitos me escreviam para falar das colunas, ou ligavam, ou me abordavam na rua. Um desses foi o Ivan Pinheiro Machado, por acaso meu amigo e não por acaso editor da L&PM. Ele me convidou a formatar as colunas do caderno "Meu Filho", e mais alguns textos de igual conteúdo, para que saíssem em livro. E é isso que você tem em mãos agora.

Textos que foram publicados no caderno "Meu Filho" durante quase dois anos, uns tantos da página 3 do jornal, alguns que saíram na editoria de Esportes e outros inéditos. Pode parecer pouco. Para mim não é. Para mim, são quase dois anos de preocupações e angústias, sim, mas também de alegrias e comemorações. Dois anos de descobertas e surpresas, de pequenas novidades e de afeto. Imenso afeto.

*Agosto de 2008*

# 1. O espermatozóide em busca de um lar

# O espermograma

Fui fazer espermograma. Trata-se de um exame. Do esperma, naturalmente. Isso significa que o dono do esperma a ser examinado tem de extraí-lo – o esperma. Para tanto, é necessário empreender um procedimento antigo e... bem... manual: a velha masturbação, recurso dos solitários dotados de imaginação fecunda. Meio constrangedor, até porque sou do tempo em que se dizia que masturbação dava cabelo na palma das mãos. Ou cegava. Ou emagrecia. Essas coisas.
 Porém, eu concluíra que era chegada a hora da reprodução, e tinha de fazer tudo certinho e tal. Então, lá me fui, para o laboratório. Mal pisei no lugar, tomei um susto. Era um salão cheio de cadeiras, com um balcão num canto e um monte de gente por toda parte. Quer dizer: a turma inteirinha saberia que eu estava lá para examinar meus espermas. Não queria expor meus espermas daquela forma, mas ponderei que era assim mesmo, há quem viva examinando seus espermas por aí e não se abala com a presença de público.
 Assim, avancei. Bravamente. Encostei a barriga no balcão. Quase no mesmo instante, duas moças pararam ao meu lado. A atendente sorriu-me um pois não. Apontei para as moças.
 – Pode atendê-las primeiro.
 Elas:
 – Não. Que é isso? Nós chegamos depois...

A atendente esperava. Suspirei. Falei baixinho:

– Ahn... Vim fazer um espermo... grama.

– Ah, um espermograma! – falou a atendente, num tom de voz que, me pareceu, foi audível para o salão, para a calçada, para a cidade. As moças me olharam. A atendente me estendeu um potinho transparente e pediu-me para acompanhá-la. Levou-me até uma salinha e apontou para uma TV e para algumas revistas.

– Se precisar... – explicou ela, com longas reticências.

Então, lá estava eu, naquela pequena sala, com filmes e revistas pornográficas à disposição, uma pia, um rolo de papel higiênico e um pote. Lá fora, 25 pessoas sabiam que eu estava na Sala da Masturbação. Essa atividade tão íntima, tão pessoal, tão discreta, até meio pecaminosa, praticamente posta debaixo dos holofotes. E era evidente que, de alguma forma, eu seria avaliado. Se fosse muito rápido, talvez me acusassem de precocidade; se demorasse, poderiam dizer que não consegui. Aliás, e se não conseguisse? Não, não havia chance de não conseguir. Resolvi ir em frente.

Mão à obra.

Saí da sala empunhando o pote. Sentia os olhares das pessoas me espetando. Teria ouvido um risinho? Resolvi portar-me com seriedade.

Caminhei com toda a dignidade, procurando a atendente. Estendi o pote para ela. Ela pegou sem nojo. Olhou para o pote. Para mim. Para o pote. Será que havia algo errado? Tinha sido pouco? Ou muito? Tomara que seja muito.

Mas, não. Ela não reclamou de nada. Informou quando sairia o resultado, muito profissional. Paguei e saí, pisando firme. Desde então, tenho pensado muito sobre esse episódio. As coisas pelas quais a gente passa na vida e tudo mais. Estou prestes a chegar a alguma importante dedução filosófica a respeito. Tudo o que passei não há de ser em vão!

# Os homens desabafam

Essa crônica do espermograma, foi muito interessante o que aconteceu depois que a publiquei. Desconhecidos me paravam na rua para falar que tinham feito o exame. O porteiro do edifício em que eu morava, o João Carlos, sorriu para mim e confessou, candidamente:
– Fiz também...
Não me disse o que havia feito. Não precisava.
Uma tarde, estava atrás do volante do meu carro, parado à sinaleira, e um outro motorista abriu a janela do seu carro e gritou:
– Eu fiz espermograma! Eu fiz!
A impressão era de que o texto havia libertado os homens de algo que eles guardavam em segredo e sobre o qual queriam falar há muito tempo. Era uma explosão pública de confissões, de sinceridade, de compartilhamento de experiências.
Um amigo contou que, tempos atrás, seu exame havia dado negativo: ele era estéril! Seus filhos hoje têm 23 e 18 anos de idade.
Outro amigo foi fazer o teste e entrou na mesma salinha onde eu... colhera material. Só que não conseguia se concentrar, demorou além da conta, até que a atendente bateu à porta:
– Vamos lá! Vamos lá!
Cruzcredo, do que escapei!

# Corrida louca pelas ruas da cidade

Um grande amigo meu, ele e a mulher resolveram procriar mais ou menos na mesma época que eu e a Marcinha. Passaram aos trâmites. Aquela coisa, sabe como é: sexo.
 Mas o troço não funcionava. Outro amigo, o Amilton Cavalo, que é do Alegrete, chegou a comentar:
 – Mas essa mulher não engloba!
 É a sinceridade fronteiriça; o leitor, por favor, não se choque.
 A mulher do meu amigo começou a pressionar para que ele fizesse o espermograma. Meu amigo se recusava:
 – Não preciso disso!
 Só que ela não engravidava e aquilo estava deixando-a aflita. Aí publiquei a coluna do espermograma. Meu amigo lamentou:
 – Agora vou ter que fazer esse troço também...
 Como ele continuava acanhado e dizia que não iria entrar na tal Salinha da Masturbação, a mulher fez-lhe uma proposta: ela mesma iria colher o material de exame no recôndito do lar, a salvo de constrangimentos, e levá-lo ao laboratório. Meu amigo topou. O problema é que o esperma que precisa ser analisado simplesmente falece depois de vinte minutos de exposição ao oxigênio. Quer dizer: ela teria de ser rápida após a colheita do material. Era preciso montar uma logística.

Foi o que ela fez. Primeiro, buscou o potezinho plástico no laboratório. Contou no relógio em quanto tempo fez o trajeto: treze minutos. Ou seja: tinha uma folga de sete minutos. Parecia o suficiente. Depois, escolheu um vestido, sapatos e deixou-os à mão, ao lado da cama. A chave do carro ficou na ignição e a porta da garagem permaneceu aberta. Finalmente, chegou o momento da colheita. Fez os trabalhos e talicoisa. Meu amigo contribuiu com sua parte. Ela colocou o material de exame no pote, vestiu-se em trinta segundos e voou escada abaixo, rumo à garagem. Entrou no carro e se foi para o laboratório. O trânsito da manhã estava intenso. Ela consultou o relógio. Sobravam dezesseis minutos. A cada sinal, ela conferia o tempo no relógio. Quinze minutos. Ingressou numa rua vicinal para tentar um atalho. Um erro. Havia um carroceiro na rua. Ela perdeu mais alguns segundos de ouro. Impaciente, dava socos no volante. Conseguiu livrar-se do carroceiro. Treze minutos. Mais uma sinaleira. Outra. E mais outra. Onze minutos. O carro zunia pelas avenidas, ignorando pardais e azuizinhos. Quando ela chegou ao prédio do laboratório, restavam cinco minutos. Não estacionou. Apenas abandonou o carro sem nem fechá-lo e voou para a recepção. Não tomou o elevador, foi pelas escadas. Subiu os degraus de três em três. Quando atirou-se no balcão, ofegante, faltavam dois minutos para que se completassem os vinte mortais.

– Será que deu? – gritou. – Será que deu???

Deu.

Feito o teste, os espermas do meu amigo foram aprovados com louvor. Semanas depois, ela engravidou. Ele, orgulhoso, comentou:

– Eu disse que não precisava daquilo!

## 2. Foi dada a largada!

# Nome de homem é mais difícil

Cara, escolher nome de filho homem é difícil. De mulher é um açucrinha, existe muito nome bonito de mulher por aí. Inclusive tinha já pensado em Catarina, gosto de algumas Catarinas da História. A primeira, Catarina de Médicis, inventou a calcinha, o que é, realmente, uma contribuição decisiva para a felicidade da raça humana. A segunda, Catarina, a Grande, foi grande mesmo: superou até a indiferença do marido, o czar Pedro, tipo meio distraído em questões sexuais. Catarina aplicou-lhe um passa-pé, tornou-se a imperatriz da Rússia e governou com muita autoridade durante trinta anos.

Seria Catarina, pois, se fosse menina. Mas será menino. Deu na ecografia. Apesar de isso de ecografia ser como religião – é preciso ter fé. A médica mostra ali uma figura disforme e diz:

– Isso aqui é o baço. E isso é o fígado. E ali está o coração.

Você olha e balança a cabeça:
– É mesmo, bem direitinho!

Mas está dizendo aquilo só para não parecer uma besta que não entende nada de gestações. Na verdade, as figuras são todas iguais. Se ela mostrasse um rim e dissesse que era uma vesícula, você também concordaria:
– É verdade! Que perfeição! Que ciência!

Então, a médica disse que é menino e eu acredito. O que leva ao problema do nome. Pensei no nome do meu pai, um nome alegretense. Nome de macho: Gaudêncio. Não foi bem aceito. Correria grave risco de separação, se insistisse. Quanta incompreensão. Gaudêncio. Um nome tão viril. Tem até aquela linda música gaudéria, Gaudêncio Sete Luas. Além disso, os homens gostam de botar nos filhos os nomes de seus pais. Ou nomes que combinam com os nomes dos pais. Conheço um Aníbal, por exemplo, que é filho de um Asdrúbal. Perfeito! Aníbal e Asdrúbal Barca foram irmãos cartagineses que derrotaram Roma em várias batalhas nas Guerras Púnicas, no século III a.C.

Esse Aníbal brasileiro do século XXI, quando teve um filho, queria pôr nele o nome de Amílcar. Mais perfeito ainda! Porque Amílcar era o pai de Aníbal e Asdrúbal. Agora, pergunto: você acha que a mulher do Aníbal deixou que o neto de Asdrúbal se chamasse Amílcar? Não deixou. Insensibilidade histórica.

Da mesma forma, de nada valeram meus argumentos musicais, masculinos e regionalistas. Gaudêncio foi terminantemente vetado, para decepção de um casal de alegretenses amigos meus, o seu Hormain e a dona Oraides.

Aí decidi que batizaria o menino com o nome do meu filósofo preferido, Baruch de Espinosa. Não colocaria o Espinosa, claro. Só Baruch. Baruch Coimbra. Mas alguém observou que ele teria dificuldades com telefonemas:
– Alô? Quem fala?
– Baruch.
– Saúde.
Assim, não sei como chamar o menino. Alguém aí tem uma idéia criativa?

# O desembargador

Escolhi o nome do meu filho que aí vem. Os leitores enviaram sugestões às centenas, as quais agradeço, penhorado. Mas resultaram inúteis. Por causa de dois franceses: um de há cinco séculos, Michel de Montaigne; outro que esteve dias atrás em Porto Alegre, Luc Ferry.

Ocorre que Montaigne, desde o nascimento, em 1533, era acordado todas as manhãs ao som da espineta, uma espécie de cravo, a fim de apurar o requinte dos seus ouvidos. Em casa, em Bordeaux, a família e a criadagem só podiam se comunicar em latim, para que o menino se acostumasse à linguagem culta da época. Assim foi até os seis anos, quando lhe foi contratado um preceptor, lógico, alemão, que, apropriadamente, também só falava com o rapazinho em latim. Resultado: Montaigne transformou-se num dos grandes filósofos da modernidade, autor dos famosos *Ensaios*, num estilo que é o fundador da crônica contemporânea.

Desta forma farei com meu filho. Chamá-lo-ei desembargador Camara Coimbra, com mesóclise e tudo. Com um sobrenome desses, seria um desperdício ele não se tornar desembargador. Um alívio para a criança, um trabalho a menos: sua profissão já está escolhida, seu destino já está traçado.

Até porque não vou dar certas liberdades ao desembargador. Como Montaigne, algumas coisas ele terá de fazer, e pronto. Por exemplo: desde a primeira semana, vestirá paletó e gravata. Pretos, claro. O desembargador já vai nascer com caspa, uma caspa veneranda e alva, que fará o contraste com o negro riscado da casaca. Sairá da barriga da mãe ostentando sob o nariz um meio bigodinho, daqueles que têm de ser aparados diariamente. E, assim que começar a ler, aí pelos três anos, usará pincenê.

Ah, importante o capítulo sobre leituras. O desembargador não vai ler ficção. Só livros sobre sociologia, direito, história e filosofia. Logo depois de se formar (em Oxford) começará a escrever livros de teoria do direito. Nada dessas futilidades da literatura. Direito. A coleção completa das obras do desembargador Camara Coimbra terá 73 volumes encadernados em couro. Ele será citado tanto quanto Pontes de Miranda: "Como bem ensinou o desembargador Camara Coimbra no tomo quatro de 'Ab Incunabulis, Ab Initio, Ab Ovo'"...

Sim, com a educação que terá, o desembargador só poderá sair-se desembargador.

E é aí que entra Luc Ferry, ex-ministro da França, que abriu as palestras do Fronteiras do Pensamento de 2007. Ferry defende o ensino da história da filosofia nas escolas. E é essa a diferença fundamental: as escolas não devem ater-se à teoria da filosofia, mas à sua história. Devem contar o que fez de Montaigne um Montaigne, o que fará do desembargador o desembargador. Assim, as gerações futuras terminarão se interessando por filosofia. Assim aprenderão. E, no futuro, ouvirão com reverência o desembargador fazer suas graves preleções, inclusive quando ele falar sobre seu pai, momento este em que um lume de benevolência lhe iluminará o rosto sisudo, e ele balançará a cabeça, sorrindo, e suspirará, com sua voz de tenor:

– Era um pândego, o meu pai. Um pândego...

# O que faz uma grávida chorar

Mulher grávida é um troço assustador. Tem uma pessoa crescendo dentro da barriga dela. Selvagem. Animalesco. Compreensível que fiquem estranhas. Isso de desejo, por exemplo. A minha não tem tido muitos, salvo a necessidade imperiosa de comer uma granola do Lami no café-da-manhã, rúcula fresca colhida na hora durante o almoço, pizza margherita com mozzarella de búfala de Corrientes no jantar e manga cearense dez minutos antes de dormir.

Mulher grávida só fala e só pensa em gravidez. Muito lógico. Eu, quando prensei meu dedo na porta do carro e o dedo inchou, só pensava e só falava no meu dedo. O mundo era o meu dedo, impressionava-me que as outras pessoas não estivessem se preocupando com meu dedo o dia inteiro. Uma gravidez é mais importante do que um dedo inchado, até porque de um dedo inchado não sai criança nenhuma. Assim, é natural a obsessão das grávidas.

Suponho que cada gravidez tenha sua peculiaridade. A da Marcinha, isto é, a da minha grávida, é que ela chora quando ouve uma música da Marisa Monte. Uma reação instantânea. Toca a música no rádio e ela buá. No começo aquilo me afligia, depois me acostumei. Dia desses, esperava por ela na frente de casa, ela vinha de carro. No momento em que dobrou a esquina, lá adiante, vi que

cascateava em prantos. O carro parou. Abri a porta. Entrei. Coloquei o cinto. Perguntei:
– A música?
Ela, fungando:
– É.
E engatou a primeira. Outro dia, notei que ela procurava um CD na estante. Procurava, procurava, até que encontrou. Marisa Monte. Eu:
– Não vai chorar...
Desistiu do CD. Botou o Nenhum de Nós. Devia estar louca para dar uma choradinha.
Nada disso me incomoda. Só me incomoda é que grávidas, certamente devido a alguma alteração hormonal, demoram mais para escolher o prato, quando no restaurante. Chega aquele cardápio do tamanho de uma lista telefônica e a Marcinha fica especulando. Precisa analisar todas as opções. Consultar o garçom:
– Como é que é o molho bechamel mesmo?
– Agnolini é aquela massa recheadinha?
E a pior de todas:
– Esse prato dá pra dois?
Trata-se de uma pergunta perigosa, porque às vezes a resposta é evasiva:
– Depende da fome...
Se depende da fome, torna-se necessário calcular a fome do outro comensal. No caso, eu. E aí vem mais uma rodada de questionamentos, qual a dimensão da minha fome, se me contento com um único bife, essas coisas. Se já seria agastante em condições normais, muito mais é se estou chegando a um restaurante, porque sempre que chego a um restaurante estou com fome e sempre que tenho fome fico irritado. Que fazer? Desenvolvi um método, que agora,

num serviço de utilidade pública, repasso a outros homens que, como eu, estejam em estado interessante. Basta aproveitar-se da lendária curiosidade feminina. Assim que o garçom aparecer com o cardápio, diga, em tom de mistério:
— Aconteceu uma coisa terrível hoje...
Ela vai arregalar os olhos:
— Que é?
Ponha rápido um pãozinho do couvert na boca. Faça menção de que está prestes a falar, mas que não pode, está com a boca cheia, não se fala com a boca cheia. Ela vai ficar angustiada. Vai ficar perguntando o que é, o que é. Não responda. Quando terminar de engolir, beba um gole do chope, estale a língua e acrescente:
— Nunca pensei que ia acontecer uma coisa dessas.
— O que é? O que é???
Leve outro pãozinho à boca. Mastigue calmamente. Devagar. Bem devagar. Ela: que é? Que é??? Repita, meio mastigando:
— Pfoi... terrífel...
A essa altura, ela já largou o cardápio, o garçom está ao seu lado, e você:
— Filé a parmegiana, por favor.
Tente. Sempre funciona!

# 3. O poder da barriga

# Altos papos com o barrigão

Agora eu falo com uma barriga.
É estranho.
Mas disseram que é importante, que o nenê escuta tudo lá de dentro, que até entende o que se diz e reconhece a voz do pai. Então, que fazer? Eu falo.
Mas não quer dizer que não tenha minhas dúvidas. Tenho. E questiono.
Isso de ele entender tudo, por exemplo, isso não pode ser. Como é que ele vai compreender o sentido do que falo? Vamos supor que eu diga a palavra cucamonga e ele ouça bem direitinho cucamonga. Certo. Cucamonga ficou registrada no cerebrinho dele. Mas e o significado? Compreenderá, o nenê, que ainda nem bem é nenê, o vasto sentido da palavra e tudo o que ela representa para as pessoas e o planeta?
Não, claro que não.
Portanto, não passa de bobagem a dona da barriga me xingar quando falo algo que ela considera negativo, como, sei lá, sacripanta, beleguim ou pelintra. Ele não entende! Posso chamá-lo de biltre ou até de galfarro, desde que o tom de voz seja suave.
Nisso, sim, acredito. No tom de voz. E por essa razão continuo falando com a barriga, olhando para o olho do umbigo e palestrando longamente com ele.
Confesso inclusive que me acostumei. O que já me

trouxe certo constrangimento. Noite dessas, saí com meu amigo Degô, estávamos sorvendo um chope cremoso, tranqüilões, conversandinho e, bem, o Degô é proprietário de uma barriga bem tratada a picanha gorda e pizza sete queijos. Pois olhei para aquela barriga dele, uma barriga de 24 semanas de gravidez, e, puxa, deu-me ganas de dizer algo para ela. Felizmente, contive-me. Mas foi a custo. Foi com esforço.

    Que chato.

# Gravidez de rainha

O meu amigo Niltão, que trabalhava na Varig, um dia ele arrumou uma namorada mandona.
– Niltão, tira minhas botas.
– Niltão, busca o controle da TV.
– Niltão, abre a janela.
Irritante. Uma vez, ele estava com os amigos e ela:
– Niltão, me busca um copo d'água.
Ele foi. Voltou. Entregou o copo a ela. E comentou, casualmente:
– Depois me lembra que eu tenho que te levar na Júlio.
Ela estranhou:
– Júlio? Que Júlio?
– A Júlio de Castilhos.
– E por que é que tu tens que me levar à Júlio de Castilhos?
– Porque lá tem uma cartomante. Aí tu vais ver que tu foste rainha, sim. Mas na outra encarnação!
Imagino essa ex-namorada do Niltão grávida. Porque grávida fica mais do que mandona; fica prevalecida. A Marcinha demora demais ao se vestir para sair, vou reclamar e ela:
– É que eu estou grávida.
A Marcinha passa duas horas e meia falando com a Naninha ao telefone, enquanto a espero para jantar. Abro os braços, indignado, ela tapa o bocal com a mão e sussurra:

– Estou grávida...

A Marcinha pede água, que nem a namorada do Niltão, a Marcinha pede massagens, a Marcinha pede para eu trazer os chinelos dela e, o pior, a Marcinha pede para ver comédia romântica no cinema, tudo isso sob a mesma alegação: ela está grávida.

Que fazer? Faço. Afinal, ela está grávida. Mas, quando esse guri nascer, por Deus, vou levá-la para passear na Júlio!

# Com o rei na barriga

Carlos Castañeda era o Paulo Coelho dos anos 70. Com uma demão a mais de lustro. Seu livro de maior sucesso tinha um título irresistível:
*A Erva do Diabo.*
Como não ler um livro com um título desses? Li todos os romances do Castañeda. Num deles, o índio Dom Juan, que o guiava na sua viagem mística, ensinou que o centro do ser humano está na barriga. Hoje, tendo eu minha própria barrigudinha, constato que é assim mesmo.
A barriga da grávida. Curioso. Em tese, isso teria de ser encarado com toda a naturalidade. Afinal, a humanidade convive há muito tempo com mulheres barrigudas e a maioria das pessoas tem, ou um dia teve, mãe.
Mas, não. Uma grávida está constantemente perplexa com o próprio ventre. Como se a todo momento se espantasse:
– Meu Deus, minha barriga está crescendo!
Ela examina a barriga no espelho, compara a sua com a de outras grávidas, faz comentários estranhos, tipo:
– Minha barriga está pontuda.
Pontuda? Como pode uma barriga ter ponta? Uma barriga é um troço redondo, ora. Mas elas falam em barrigas pontudas. Existe inclusive uma lenda a respeito: barrigas pontudas conteriam meninos, barrigas espalhadas conteriam meninas. Se for verdade, qual é a explicação científica

para tal fenômeno? Será a ponta da barriga causada pela pressão do pênis do bebê? Não pode... Um tiquinho tão pequeno... Está certo que é meu filho, mas mesmo assim.

Nos primeiros meses, antes de a barriga crescer de verdade, a mulher fica ansiosa para que a barriga cresça de verdade. Porque uma mulher sem barriga não é uma mulher grávida.

Agora, depois que cresce a barriga, alguém acha que a mulher se satisfaz? Não! A barriga se torna uma fonte de preocupação.

– Minha barriga não está grande demais?
– Minha barriga não está pequena demais?
– Minha barriga não está torta?

A barriga, a barriga, a barriga. O mundo é aquela barriga. O mundo está dentro daquela barriga.

Castañeda tinha razão, a barriga é o centro do homem. Ou, pelo menos, da mulher, porque dentro da minha barriga existe, no máximo, lembranças de antigos churrascos, de massas com molhos densos, de carreteiros bem molhadinhos.

E de chope, claro, muito chope.

# Água quente! Muita água quente!

Estou apreensivo com essa história de assistir ao parto. Não gosto muito de testemunhar intervenções médicas. Pior se são feitas em mim, claro. Uma vez meio que desmaiei na cadeira do dentista.

Foi horrível.

Lógico que isso aconteceu antes do doutor Ramão. Depois do doutor Ramão, minha vida odontológica mudou. Agora, nenhuma obturação me assusta, mesmo as mais profundas, mesmo as que imprescindem de tratamento de canal. Mas ainda me repugnam os seriados que se passam em hospitais, vísceras expostas, gritos, toda aquela sangüeira. Imagina ver algo que acontece ao vivo, na minha frente, estando eu envolvido com o paciente. Ou pacientes.

Existe outro ingrediente preocupante: todas as indicações que tenho mostram que partos são experiências traumáticas. Pelo menos é o que sempre vi nos filmes. A mulher fazendo todo aquele esforço, gemendo e ganindo:

– Mnnnn! Mnnnnn!

E suando muito.

Os médicos em volta, açodados, gritando:

– Força! Força!

– Gnmgrmannnmnnnn!!!

– Água quente! Tragam água quente!

– Ganmmmmm! Gnmmmmmmnmm!

– Toalhas! Precisamos de toalhas!

— Gnnnnnnnnnnnnnnnnnnn!
— Respira! Respira!
— Uf! Uf!
— Mais água quente! Quero mais água quente!
— Toalhas! Onde estão as malditas toalhas???
— Cachorrinho! Respiração de cachorrinho!
— Arf! Arf! Arf!
— Água quente! Mais água quente! Muita água quente!
— Está vindo! Mais um pouco! Força!
— Gnmnmnmnmnmnmn!
— Maaaais água queeeeenteeee!!!

O que é que eles fazem com tanta água quente? Isso nenhum filme nunca explicou.

Enfim, é assustador. Mas assistirei, já decidi. Até porque tenho de contar tudo aqui, depois. Em todo caso, vou preparado: levarei comigo um balde de água quente.

# Malditos veteranos

Grávidas veteranas olham com desdém para as grávidas de primeira barriga. A minha barrigudinha, antes de tornar-se barrigudinha, sofreu com esse lamentável preconceito. Chegava uma mulher já em adiantado estado interessante, olhava para o umbigo dela e:
– Grávida, é? Nem parece...
Depois ficava a esbanjar sua vasta experiência.
– Nas primeiras semanas a gente sente um sono, um sono, um sooooooono...
– Guria, se tinha uma coisa que eu não podia mais comer era nabo. Logo eu, que adoro nabo.
– De repente, enjoei do cheiro do meu marido. Ele chegava perto, eu tonteava. Ele tinha que dormir na garagem.
– Um dia me deu um troço aqui embaixo. Sei lá, como se estivesse com gases, só que pior. Fazia um barulho estranho: blorg. O dia inteiro blorg, blorg, blorg.
Só para humilhar, claro. A grávida nova fica um pouco desasada, só pode concordar. Mas essa é uma situação que se corrige com o tempo. Passados alguns meses, a barriga cresce e a grávida fica grávida não apenas de fato, mas também de direito. Então, ela se coloca em barriga de igualdade com outras grávidas. Elas agora trocam experiências.
– Teu umbigo também está saltado?

— Muito. E fiquei com uma risca no meio da barriga, olha só.

— Auunnn, parece uma costura...

Lógico que aquelas que já são mães mantêm o ar de superioridade, imagino que nunca o perderão. E aí elas se igualam aos que já são pais. Porque ambos fazem a mesma irritante observação:

— Está dormindo bastante? Aproveita...

— Te prepara para as noites em claro.

— Acabou-se o teu descanso.

Quer dizer: estão dizendo que ter filho é horrível. Mas aí eles logo percebem que não podem dizer que ter filho é horrível, ou não serão mais superiores.

Então, acrescentam:

— Mas é bom, viu? É muito bom. Tu vais ver como é bom. A tua vida vai mudar. É outra vida, vais ver. Nem sabe como vai ser diferente...

Exibidos!

# Tragam uma Malzbier!

Diziam que cerveja preta faz bem para grávidas. Engrossa o leite, algo assim. Tanto que, sempre que pedia Malzbier, e eu pedia muito Malzbier, que havia uma época em que adorava Malzbier com feijão mexido e um ovo frito em cima (do feijão mexido!), o feijão mexido bem temperado com azeite de oliva e pimenta, uma delícia!, então, sempre que pedia uma Malzbier para acompanhar esse prato supimpa, algum gaiato perguntava:
– Está amamentando?
Saco.
Acho que foi por isso que parei de tomar Malzbier. Mas vou voltar. Digam o que disserem, gosto de Malzbier. Pouco me importa se é docinha, pouco me importa se um dia as lactantes alimentavam-se de Malzbier, pouco me importa se é bebida de mulher, vou voltar a beber Malzbier!

Mas o que interessa no momento é que a Malzbier passou a ser uma péssima bebida para grávidas, uma vez que todas as bebidas com álcool são péssimas para grávidas.

As grávidas também não devem beber café preto, é bom ressaltar – o nenê fica muito agitado na barriga da mãe e, suponho, torna-se uma criança nervosa como um Wianey. E não adianta trocar o café pelo chá. Cientistas de algum país do Norte descobriram que chá faz mal para fetos. Qualquer tipo de chá, o que é bastante estranho, já que, todos sabem, o chá é uma correção da insipidez da água quente. Mas, se não pode, não pode, que fazer?

Nem chocolate as grávidas devem beber. Os cientistas esses descobriram que chocolate e cacau, por algum motivo, são terríveis para elas e seus futuros filhos. Outra: que nenhuma grávida ouse beber refrigerantes dietéticos ou light. Fazem mal. Adoçantes, sacarina, aspartame, tudo isso é um veneno.

Você já ouviu falar do Mal do Aspartame? O horror! A pessoa começa sentindo cãibras, passa a ter falta de memória e depois tudo é decadência.

Quanto a comidas sólidas, as grávidas precisam evitar carnes cruas a todo custo. Tem uma doença lá na carne crua que prejudica os nenês. Peixe, só uma vez por semana, quando muito. Carne vermelha, há que se ter cuidado com ela. E a galinha, sempre é importante lembrar, pode ter sido alimentada com hormônios, o que é um perigo imenso para mães e filhos. Restam as frutas, alguém há de dizer, mas só dirá isso quem não souber que abacaxi é abortivo e que alface demais pode deixar a criança sonolenta. Alface dá sono, inclusive não se deve alimentar passarinhos de nenhum tipo com alface, pois eles ficam deprimidos e morrem de tristeza, nenês e passarinhos são frágeis.

Do que uma grávida pode realmente se alimentar? Não sei. Também não sei é como a humanidade se reproduziu até hoje, por esses milhões e milhões de anos. Isso, pelo amor de Deus, é algo que alguém tem de me explicar.

# A conspiração da jóia

O pai tem que dar uma jóia para a mãe, quando ela ganha o filho, sabia?
Eu não sabia.
Vieram me dizer isso. Uma tradição antiqüíssima, garantiram. Um hábito que remonta à Idade Média, talvez antes. Não é de se duvidar que Júlio César tenha dado um anelão a Cleópatra assim que ela concebeu Cesário, assim como Napoleão provavelmente deu algo cheio de diamantes à arquiduquesa Maria Luísa quando dela nasceu o Rei de Roma.
Tudo bem, acreditei. Só tem o seguinte: nenhum homem que conheço fazia idéia dessa tradição. Foram apenas mulheres que me falaram a respeito.
Bastou a gravidez da Marcinha ser anunciada para que a cada semana viesse uma mulher fazendo um comentário aparentemente casual:
– Já escolheu a jóia?
– Não vai esquecer da jóia.
– Olha a jóia, olha a jóia.
Só mulheres, nunca um homem.
Comecei a ficar desconfiado de que estava enredado numa conspiração feminina para locupletar as mães. Desconfiança essa que se transformou em certeza na semana passada. Aconteceu que recebi uma petição de um grupo de grávidas, todas elas participantes da mesma turma de

hidroginástica. Reivindicaram que escrevesse aqui, neste espaço, sobre a tal tradição da jóia. A intenção das grávidas era deixar o jornal sob as vistas dos maridos, assim meio acidentalmente, para que eles descobrissem a respeito da imperiosa necessidade de uma parturiente de ganhar uma jóia, de preferência caríssima.

Quer dizer: está confirmado. Foram as mulheres que inventaram essa história.

Mas não há saída, bem sei. O sistema de comunicação intergrávidas é muito eficiente, isso se espalhou entre elas. Agora, todas esperam receber jóias de presente. Então, submeto-me, vou dar a jóia. Mas que fique claro: que é uma conspiração, é!

# O significado do pijama

Para certas coisas um homem tem de dizer, simplesmente:
– Não!
Um não rotundo. Um não maiúsculo. Másculo. Porque um homem precisa preservar suas convicções, entende? Seus valores. Se a gente acredita em algo, acredita em algo. É isso. Pronto. Nada nem ninguém me fará recuar!
Portanto, de nada adianta a listinha da maternidade do Mãe de Deus. Não adianta! Aquela listinha, francamente. Parou na minha mão durante a visita que fiz ao hospital. Mostraram-me a maternidade. Tudo muito bem, tudo muito bom, o lugar nem parece um hospital, dá vontade de deitar numa daquelas camas e ficar por lá, esperando o café da tarde, vendo *Jim das Selvas* na sessão das duas. Só que aí a moça da maternidade vem com uma listinha. Objetos de que o pai necessita para ficar no hospital no dia do parto.
Escova de dentes, chinelo, esses troços. Mas, no meio da lista, lá está o item:
Pijama.
Pijama? PIJAMA???
Nunca, jamais, em tempo algum usei pijama. Nem usarei. Discutimos esse tema no "Pretinho Básico", programa da Rádio Atlântida do qual sou participante eventual, e sei que há pessoas com pontos de vista diferentes.

O Cagê, por exemplo, confessou que se acha muito sensual dentro de um pijama de seda. O Porã admitiu que usa até pantufas do Scooby Doo.

O Fetter pensa em vestir um pijama quando completar setenta anos. Eu, não.

Não entrarei em pijama algum. É contra tudo o que acredito, o pijama. É um símbolo de acomodação. De desistência. Pode-se esperar algo de um homem de pijama? Não. Um homem de pijama se retirou. Um homem de pijama está fora do mercado.

A Marcinha, a minha barrigudinha, ainda argumentou:

– Mas e se a enfermeira entrar no quarto? Ela vai te ver de cueca?

Vai. As enfermeiras estão acostumadas com cuecas. Além disso, tenho que dar bom exemplo. Não quero que meu filho use pijama!

# A mão que balança o berço

Era uma bela morena, cabelos negros, lisos, que lhe lambiam as espáduas. Tinha vinte e poucos anos, era magra e falava um espanhol de algum ponto abaixo do Equador. Morava em um longínquo subúrbio de Paris. Naquele dia, o dia ainda não havia nascido e ela já estava de pé. Tomou nos braços seu nenê, menino de menos de um ano, e o levou, entrouxadinho em uma manta, para a creche pública. Deitou-o em um pequeno berço ao lado de tantos outros enfileirados, berços para filhos de imigrantes, como ela, para gente pobre, como ela, gente que, como ela, não tinha com quem deixar seus pequenos.

No instante em que as mãos da moça soltaram o menino, ele começou a chorar. Ela depressa acorreu ao berço e cantou uma cantiga em espanhol, macia, doce, que falava dos olhinhos, dos bracinhos, dos pezinhos do seu bebê. E ele, como se compreendesse, se acalmou e tornou a dormir, e ela suspirou e suspirando se apartou dele.

Foi trabalhar.

A moça andou pelas ruas ainda desertas de Paris, embarcou em um trem do metrô, saltou depois de dezenas de estações, entrou em outro, caminhou mais um tanto e, já com o sol alto no céu de Paris, desceu em seu destino. Consultou o relógio – já estava atrasada. Correu. Chegou ao edifício de apartamentos onde trabalhava. Premeu um botão do interfone. Subiu as escadas. Entrou no grande apartamento da patroa. É da patroa a voz que veio do fundo do apartamento:

— Estou atrasada. Já vou saindo. Você se importa de ficar uma hora a mais hoje?

A moça ouviu o pedido e hesitou. É claro que não queria ficar mais uma hora longe do seu nenê. Mas... era o seu trabalho. Suspirou. E disse que tudo bem, ela ficaria um pouco mais, lógico que ficaria. A patroa saiu, despedindo- se apressada. Mal bateu a porta, um choro de nenê ecoou pelo apartamento. A moça latina deslizou pelo corredor, entrou em um quarto.

Lá estava o berço. Dentro, um menininho do tamanho do que ela deixara na creche pública. Para tranqüilizá-lo, a moça cantou a mesma cantiga em espanhol, falando dos pezinhos, dos bracinhos, dos olhinhos do nenê. Que também pareceu ter entendido a letra e também se aquietou e logo adormeceu, restando a moça a embalar o berço, mas sem olhar para o menino, seus olhos miravam o horizonte através do vidro da janela, decerto na direção do subúrbio, longe, longe, onde estava o seu menininho.

É mais ou menos essa a história contada pelo brasileiro Walter Salles no ótimo *Paris, Eu te Amo*. São dezoito historietas rápidas e bem contadas. Vale a pena ver. Mas atenção: as grávidas podem se emocionar.

# 4. Na cara do gol

# Da inutilidade do pai

Grávida é que nem cachorro. Um cachorro vê o outro na rua e, mesmo que nunca o tenha visto antes, fica todo agitado, late, vai atrás, o dono tem que contê-lo na coleira. A grávida, quando vê outra grávida, é igual. Não a conhece, mas também se agita, aponta:
– Olha lá uma grávida.

E, se ceder à tentação, vai atrás, compara as barrigas, pergunta se é menino ou menina, se o nome já está escolhido, bibibi bababá.

Já testemunhei vários encontros de grávidas. Fico prestando atenção nos assuntos. São muitos, mas sempre os mesmos:
– Eu não enjoei nadinha. Só enjoava quando ouvia música do Kenny G.
– Ontem me deu vontade de comer nhoque às cinco da madrugada. E nem era dia 29.
– Sete meses? Cuida, que agora nasce assim: blop.
– Quando a barriga cai, o bebê salta fora. Parece um sapo.
– Fiz a eco três dê. O nariz dele é igual ao do meu pai. Tem um caroço no meio.
– Ele se mexe à noite? O meu se mexe à noite. Parece uma lombriga com coceira.
– Começou a me dar dor na coluna. É como se tivesse uma agulha bem aqui embaixo, uma dor fina, fina, fina, fiiiiiinaaaa...

Enfim, os temas são diversos, quando as barrigas colidem. Só tem um ponto sobre o qual elas jamais discutem: os pais das crianças. Nossa função já está cumprida, agora somos personagens secundários, descartáveis, quase inúteis. Só não totalmente inúteis porque alguém tem que buscar o nhoque às cinco da madrugada. Ah, para buscar o nhoque nós ainda servimos!

# O perigo dos sete meses

Dizem que depois do sétimo mês o nenê pode, BLOP, sair a qualquer momento. Tipo rolha de champanhe. Após ter-me inteirado dessa informação, não durmo mais tranqüilo. Fico olhando para a minha barrigudinha. Se ela faz:
– An!
Penso: Jesus, é agora!
Nunca é.
Lembro sempre da minha vó, quando minha mãe estava grávida da minha própria e única pessoa. Lá estava eu, muito tranqüilo na placenta, aquela coisa toda, e, pelos cálculos da minha mãe, já era hora de eu, BLOP, cair fora. Mas não caía. Ficava lá, fazendo aqueles troços que os fetos fazem, como chupar o dedo e dar chute. E a minha avó ansiosa. Olhava para a filha dela, que por acaso tornou-se minha mãe, e pensava: daqui a pouco, BLOP, sai.
E eu não saía.
Bom. Um dia, minha mãe estava na casa da minha avó. Estava sentada numa cadeira, observando minha avó cozinhar, minha avó cozinhava o tempo todo. Era uma casa de madeira, antiga. Eis que, de algum canto das velhas paredes, saiu um pequeno camundongo correndo a toda velocidade com suas quatro patinhas. Minha mãe viu o bichinho, que era realmente minúsculo, menor que o Mickey, mas tanto fazia: o fato é que minha mãe odeia roedores de todos os tamanhos. E o ratinho zuniu NA DIREÇÃO DELA!

Minha mãe entrou em pânico. Queria subir na cadeira e urrar por socorro, como fazem os elefantes e todas as mulheres nessa situação. Mas, como carregava uma barrigona com um guri de quatro quilos dentro, ela não teve agilidade para escalar a cadeira. Apenas levantou as pernas, abriu-as bem e gritou:

– Aaaaaaaaaaaah...

Minha avó, vendo aquilo, pensou o que qualquer um pensaria: JESUS, É AGORA!!!

E desmaiou.

Uma situação ridícula, bem sei. Mas hoje, depois dos sete meses, entendo minha avó!

# Com-ple-ta-men-te nua

Agora é moda grávida tirar foto pelada. Quem é que inventou isso? Minha mãe, felizmente, não tem fotos pelada. Nem grávida nem não-grávida. Trata-se de um grande alívio. Só de pensar em o Jorge Barnabé ter acesso a uma foto da minha mãe, grávida ou não, pelada ou meio pelada, dá-me ganas de socar o nariz imenso e pontudo daquele Jorge Barnabé!

Grávidas peladas, francamente!

O certo, certo mesmo, seria toda grávida ser virgem. Até porque toda mãe deveria ser virgem. A minha, ao menos, é. Uma vez um guri falou que minha mãe não era virgem, lá no IAPI. Tive de aplicar-lhe um golpe de tzu-du-ô, arte marcial da qual sou faixa roxa. Imagina, falar aquilo da minha mãe.

Mas agora elas querem tirar foto só de calcinha e até... Cristo!.. sem calcinha!!! Grávidas com-ple-ta-men-te nuas.

O século XXI é assim. Não duvido que qualquer dia desses surja uma revista com fotos de grávidas nuas. *Playbaby*.

Mas, tudo bem, se é moda, é moda. A Marcinha quer tirar fotos "artísticas" grávida. Quando ela me contou a respeito, pensei: WOLFREMBAER!, o que é que o guri vai pensar quando vir uma foto da mãe dele nua como uma Paris Hilton??? Perguntei:

– Fotos nua? Com-ple-ta-men-te nua?
Ela:
– Nãáã, só a barriga de fora.
Só a barriga. Sei.
Mas, tudo bem, não disse nada. Resignei-me. Hoje em dia, todas as grávidas são fotografadas... artisticamente. Engoli todos os meus protestos e considerações e ponderações, até que ela me disse o nome do fotógrafo.
– Vai ser o Camacho – informou ela, com uma vozinha de leite condensado.
Camacho??? CAMACHO??? Ah, não. Tudo tem limite. Fotos artísticas, sem problemas. Mas com o Camacho, não!!!

# Se não tê-los, como sabê-lo?

O meu amigo Adelor Lessa tem uns quantos filhos. Faz 21 anos isso, de ele ter filho. Lembro quando nasceu-lhe o primeiro. Ou, por outra, lembro quando Pati, a mulher do Adelor, concebeu o primogênito do casal. Arthur. Naquele dia mesmo, no momento em que fui visitá-la na maternidade, o Adelor olhou para mim e disse:
— Agora é tua vez.
Sorri amarelo. Não só porque não sentia a mínima vontade de ter filho naquele momento. É que estava ao lado da minha namorada da época e, apesar de sermos ambos apenas jovenzinhos imaturos e inocentes e que ganhavam pouco, notei que o rosto dela se iluminou com a observação do Adelor, e ela ficou toda excitada, como se dissesse, batendo palminha:
— Filho, filho, filho! Quero ter filho!
Porque, você sabe, toda mulher quer ter filho. Elas são programadas para isso.
Depois daquele dia, cada vez que o Adelor me encontrava, e se eu estava com a minha namorada, ele perguntava:
— E aí? Quando é que vocês vão ter filho?
Tudo se repetia. Ela na maior alegria, como que saltitando e vibrando:
— Filho, filho, filho! Quero ter filho!
E eu:

– Er... eu... na verdade... é que... bem...

Passaram-se os anos, o Adelor continuou procriando, eu troquei de namorada, mas, sempre que me via acompanhado, fosse com quem fosse, ele perguntava:

– E o filho? Quando é que vocês terão filhos?

E ela, quem quer que fosse, ficava toda contente, pensando filho, filho, filho, quero ter filho!, e eu er... na verdade... cheio de reticências, e o Adelor ainda argumentava:

– Filho é muito bom. Vocês precisam ter filho. É a melhor coisa, ter filho.

Assim passaram-se todos esses anos. Minha amizade com o Adelor tornou-se cada vez mais sólida, embora ele tenha sempre insistido na necessidade premente e absoluta de eu reproduzir e enfatize tal necessidade exatamente nos momentos em que estou acompanhado, o que me causou inúmeros constrangimentos, algumas discussões amargas e certo ressentimento.

Bom. Como os leitorinhos já devem ter deduzido, eu finalmente decidi ter um filho. E fi-lo. Ao filho. Porque qui-lo, não por causa da insistência do Adelor. Se bem que pensei, ao receber da Marcinha a confirmação de que ela estava grávida: cara, tenho que contar isso ao Adelor!

Contei.

E ele:

– Aaaah, agora a tua vida vai mudar. Agora tu vais ver. As noites sem dormir, a responsabilidade multiplicada por mil, as preocupações... Tua vida não é mais tua, rapaz! Não é mais tua!

Assim são os pais veteranos, não é só o Adelor. Eles tentam envolvê-lo, apregoam as vantagens da paternidade, fazem pressão, até que você cai na cilada. Sua mulher engravida. Quer dizer: não há mais volta, você será pai. Mas ainda não é. Então, eles se comprazem em torturá-lo. Discorrem, mal disfarçando a alegria sádica na voz, acerca das noites indormidas, do tanto que os filhos incomodam, da forma brutal como mudará a sua vida para toda a eternidade, do fim da liberdade, da extinção de toda e qualquer possibilidade de você levar uma existência aventurosa e prazerosa e jovial, a partir de agora.

Mas sei que não é nada disso. E sei porque há seis bilhões e meio de pessoas no mundo. Ou seja: foram seis bilhões e meio de nascimentos. Que não cessam. Eles, os nascimentos, continuam a acontecer. A população mundial não pára de aumentar. São filhos e filhos e mais filhos, filhos a mancheias. Fosse tão horrível, o fluxo já teria sido estancado.

Entenda: eles só querem nos assustar, esses pais veteranos. Você, que ainda não tem filho, você, que nem pensa em ter filho, não caia nessa. Você devia ter filho, sabia? Devia. Quando é que vocês terão filho? Hein? Está na hora. Quando será? Ter filho é tão bom...

# Coisas irritantes

Essa história de contar o tempo da gravidez em semanas. Irritante.

Por que isso? O que é que se conta em semanas?, alguém aí me diga. A gente conta tudo em meses. Ou dias. Ou anos ou séculos ou milênios. Semanas, nunca. Mas os médicos inventaram de contar a gravidez em semanas. Algum bidu pode argumentar que basta dividir o número de semanas por quatro, aí se terá o total em meses.

Certo.

E uma grávida de 37 semanas, quantos meses tem de gravidez? Arrá, não é tão simples, como se vê. Vá pegar a calculadora.

Outra coisa: fiquei sabendo que os nenês nascem entre 39 e 40 semanas. Tudo bem. Se os médicos dizem, acredito. Agora faça o seguinte: divida 40 semanas por quatro, que essa conta é fácil. Quanto dá? Dez! Dez meses!!! Uma gravidez não tinha que durar nove meses? Hein? É o que dá, contar algo em semanas.

Muito irritante. Mas nada mais irritante do que o que acontece quando a gravidez passa das 36 semanas. A partir dessa etapa, as pessoas ficam perguntando:

– Nasceu?

– Já não era para ter nascido?

– Pra quando é, afinal?

– Não está demorando muito?

– Sabia que dez meses é filho de burro? Todo dia, o dia todo. Irritante. Vou deixar bem claro: não nasceu, ainda não nasceu!

Quando nascer, boto no jornal!

# A queda do tampão

Algumas mulheres, quando estão na iminência de ganhar nenê, expelem um corrimento com cheiro de amoníaco. Então, se a gente quiser saber se a mulher vai parir, tem que cheirar aquele líquido. Se for amoníaco, maternidade urgente!

Fiquei muito assustado ao receber essa informação. Em primeiro lugar, com essa história de a mulher cheirar a amoníaco. Por que isso acontece? Amoníaco não é aquele troço que tem em alvejante? Sendo assim, a mulher tem a capacidade de produzir um líquido alvejante?

As mulheres são mesmo surpreendentes.

Outra: como é mesmo que cheira o amoníaco? Não tenho certeza. Se a Marcinha começar a expelir um líquido, como saberei se é ou não amoníaco?

Por precaução, comprarei alguns tubos de alvejante no supermercado e cuidarei de tê-los sempre à mão nesses próximos dias. Porque a Marcinha está prestes a conceber. Nem sei como ainda não aconteceu, parece que ela engoliu um fogão.

Tenho me informado sobre tudo o que ocorre nesse momento crucial. Há vários perigos. O do amoníaco. O rompimento da bolsa. O de o nenê, por algum motivo, virar-se para o lado errado dentro da barriga. E o que mais me apavora: a queda do tampão! Nem sabia que a mulher tinha um tampão, quanto mais que ele poderia cair. Mas é um fato: os tampões caem. Um pesadelo. Fico só esperando o momento de ouvir aquele grito:

– O tampão caiu! O tampão caiu!

Cristo! É preciso preparar-se para esse momento. Deve ser esse o motivo de haver uma Nossa Senhora especial para as parturientes. Foi outra coisa que aprendi agora. Chama-se Nossa Senhora da Boa Hora, essa Nossa Senhora. Tenho lido a respeito. Quando o Bernardo estiver ali, ali, saberei invocá-la:

– Nossa Senhora da Boa Hora: livrai-nos de cheiros de amoníaco, livrai-nos de bolsas rompidas e, principalmente, livrai-nos de tampões que caem!

# 5. É chegada a hora!

# Nasceu o Bernardo

Você está tranqüilão no seu trabalho, são dez e quinze da noite de sexta-feira, você já está pensando nos chopes que hão de vir, está pensando naquelas iscas de lombinho de porco, numa noite aprazível com os amigos na Calçada da Fama, quando toca o telefone e a voz de mulher grita do outro lado da linha:
— Rompeu a bolsa!
WOLFREMBAER!!!, é o que você berra, enquanto joga o telefone para cima e sai correndo, atropelando a mulher da limpeza.
Foi o que aconteceu comigo na sexta, dia 17 de agosto de 2007. Atirei o telefone para cima, dei o grito de wolfrembaer, que é o que a gente deve gritar em momentos que tais, e voei para fora da Redação, passando por cima da dona Filistéia. Em um minuto estava dentro do carro, zunindo pelas ruas do Menino Deus, entrando na contramão, espalhando azulzinho para tudo que é lado. Em dois minutos, bufava na sala de casa. A Marcinha:
— Já?
Eu:
— BAMO!
Nem carecia tanta pressa, como constatei em seguida. A coisa foi demorada. Quase cinco horas de tentativa de parto normal, contrações e lenta dilatação e eu ali, assistindo, pensando no que todos me dizem: que o nascimento

do primeiro filho da gente é a maior emoção do mundo. Mas não sentia emoção nenhuma. O que sentia é que o pai é um inútil nessa situação. A mulher forcejando, os médicos trabalhando e o pai... olhando. Pensei em buscar cafezinho para alguém ou contar alguma piada, mas ninguém queria café e não havia clima para piada, nem para a piada da borracha. Então tentei me encaixar em um canto em que não atrapalhasse. Fiquei ali, quietinho, respirando.

Eles resolveram fazer cesariana. Foi tudo muito rápido. Em cinco minutos, lá estava eu, atrás de um lençol verde, ouvindo o ruído do bisturi cortando a carne, tzif!, tzif!

Cristo!

Mais alguns minutos e:

– Aí vem ele! Aí vem ele!

Veio!

Só que em silêncio. Não teve aquela coisa de ele ser posto chorando no peito da mãe, a mãe chorando também, aquela cena que a gente vê nos filmes. Levaram-no para outra sala. Fui atrás, filosofando: ué? E lá, naquela sala, envelheci uns cinco anos em cinco minutos. Porque foi esse o tempo que ele levou para respirar: cinco minutos! Que me pareceram meia hora. É normal, disse-me a médica, mas, pô, como é que eu ia saber disso???

Cinco minutos inteiros... E o gurizinho imóvel e azul. Por toda essa aflição, não senti, na hora do parto, a tal maior emoção. Senti só alívio. Também não senti nenhuma emoção especial nas horas seguintes. Todo mundo indo ver o nenê, o nenê olhando para aquela azáfama com uns olhões arregalados, a pediatra advertindo:

– Ele está agitado. Vai ser uma noite dura.

Eu com medo, muito medo, e assinando alguns cheques. Descobri ser essa a função do pai nesses primeiros dias de vida da criança. Na verdade, duas funções: assinatura de cheques e serviço de encomendas.

– Busca lá um algodão quadradinho e um alquinho?

– Me traz um bauru?

– Aproveita e compra umas revistas.

Eu obedecia.

À noite, as piores previsões da médica se cumpriram. O nenê chorava e chorava. Quando não chorava, gritava. Quando não gritava, berrava. Quando não berrava, uivava. Mas o pior era quando urrava. Compreendi que a Natureza é sábia: os nenês têm essa voz estridente para que os pais os ouçam de qualquer lugar em que estejam. E os pais os ouvem, como os ouvem. O que fazer para acalmá-lo? Nenês de um dia de vida são como torcedores de futebol ou crentes religiosos: não são suscetíveis a argumentos racionais. Nada o convencia a parar. Nem as atenciosas enfermeiras do Mãe de Deus, que são realmente atenciosas. E horas e horas de choro, e eu pensando naquela história da emoção, a grande emoção de ter um filho. Que falácia! Que mentira! Me enganaram!

Às cinco e meia da madrugada, a mãe dele começou a chorar também. Um chorava ali, outro chorava aqui, eu tentando manter a calma, mas já certo de que me haviam engrupido: não existia a tal maior emoção do mundo. Só existia dor.

Então, às cinco e quarenta e cinco, quando tudo parecia perdido, eu o tomei nos braços. Comecei a embalá-lo. E lembrei de uma música do Dorival Caymmi que o Roberto Carlos gravou nos anos 70 e que a Adriana Calcanhoto cantou na abertura do Pan. Uma música que dizia com precisão exatamente o que estava acontecendo. E eu a cantei para o meu menino:

*É tão tarde, a manhã já vem*
*Todos dormem, a noite também*
*Só eu velo por você, meu bem*
*Dorme, anjo, o boi pega neném*
*Lá no céu deixam de cantar*
*Os anjinhos foram se deitar*
*Mamãezinha precisa descansar*
*Dorme, anjinho, papai vai lhe ninar:*
**Boi, boi, boi, boi da cara preta**
**Pega esse menino que tem medo de careta.**

E ele começou a piscar os olhinhos e começou a se acalmar e me olhando sempre e sempre adormeceu nos meus braços, e nos meus braços dormiu por quatro horas e nessas quatro horas fiquei olhando para ele, tão pequeninho, tão frágil, tão sereno, e aí, aí sim, aí eu senti, senti, senti, senti, cara, aquela emoção.

# No balcão do cartório

Estava com o peito encostado no balcão do cartório, esperando para registrar o nascimento do meu filho, dias atrás. A metro e meio, com os cotovelos fincados no mesmo balcão, um homem certificava um óbito. Soube que era óbito pelo uniforme do funcionário de funerária que o acompanhava. Fiquei olhando, não consegui desolhar. Tinha mais ou menos a minha idade e a minha compleição. Vestia-se no padrão urbano: tênis, calça jeans, camisa pólo. Cercava-o aquela aragem entre distraída e aparvalhada de quem sofreu um choque importante. Ouvi o que dizia – lhe morrera o pai.

Nós dois ali, lado a lado, eu notificando o nascimento do meu filho, ele notificando a morte de seu pai. Decerto havia alguma conclusão filosófica a tirar daquela situação. Algo transcendental. Mas meu espírito mundano impressionou-se mais com o seguinte: com o cartório. Um ser humano nascera, outro morrera; e nenhum dos dois havia conseguido escapar do cartório. Do Estado, em outra palavra, porque não existe entidade que represente mais o Estado do que um cartório.

Aí a filosofia: o Estado regula a vida e regula a morte. Deveria ser o símbolo de uma sociedade organizada, essa ascendência do Estado. Não é. Pelo menos não por aqui. Porque o Estado, quando confisca a liberdade do indivíduo, como confisca ao cadastrá-lo, rotulá-lo e, finalmente, taxá-lo, deveria dar-lhe, em troca, no mínimo saúde, educação e segurança. Mas o Estado, o nosso, amontoa alunos de séries diferentes numa mesma sala de aula, em nome da economia. E o Estado camufla sua incompetência em fornecer segurança ao cidadão propondo uma medida fascista como essa Lei Seca, na verdade um toque de recolher disfarçado.

 Esse é o Estado para o qual eu teria de inventariar o meu filho. Inventariado ele está, mas torço para que não necessite de nenhuma das supostas benesses desse Estado. Que não precise da segurança que o Estado oferece, nem do sistema de saúde, muito menos da educação. Agora, ao contrário do que pode parecer, não luto contra o Estado, nem por sua diminuição ou sua eliminação, como há quem pregue. Ao contrário: sei que a única saída para o futuro do meu filho é o próprio Estado. Sei que a classe que pode salvar o Brasil das mazelas da política é a classe política. Por isso, num cargo político, como o de secretário de Estado, prefiro um mau político a um bom técnico. Porque o político, mesmo o mau, tem compromisso com a sociedade; o técnico, com a estatística. Prefiro o juiz, o policial, o professor e o deputado ganhando salários absurdamente altos do que ganhando o mesmo que ganha a maioria da sociedade. Porque o juiz, o professor, o policial e o deputado é que servem a essa sociedade.

 Quero para o meu filho, enfim, um Estado que mereça lhe tolher a liberdade, que mereça regulá-lo desde que veio ao mundo, dias atrás, até o dia em que o filho dele entrar num cartório para lhe notificar o fim, daqui a, espero, muitas, muitas décadas mais.

# 6. A força do recém-nascido

# O pequeno gnu

Olho para o meu nenê e, obviamente, penso no gnu. Qualquer um pensaria. Porque um gnu, quando nasce, a mãe dele lhe dá três ou quatro lambidas, ele bamboleia um pouco, vacila, escorrega, até que se firma nas pernas e dá uma mamada vigorosa e sai trotando pelas savanas da África.

Já um nenê humano é muito inferior a um nenê gnu. Um nenê humano, ao nascer, parece uma sacola do súper. Com a diferença de que não dá para carregar um quilo de açúcar e dois de batata num nenê humano.

Um nenê humano, a gente o coloca num canto e ele fica lá, exatamente como a sacola do súper. Lógico que a sacola do súper não mexe bracinhos e perninhas, mas a sacola, se não estiver cheia, pode ser levada pelo vento e voar por aí. Quer dizer: a sacola do súper tem mais autonomia do que o nenê.

Há outras quatro funções que um nenê humano exerce, logo depois de vir ao mundo: ele dorme, chora, mama e faz cocô, não necessariamente nessa ordem. A sacola do súper não faz nada disso. Mas um gnu faz, e muito mais: um gnu recém-nascido passeia alegremente pelos campos, come muito capim, bebe água por conta própria e brinca com outros gnuzinhos com grandes doses de serelepice.

Por que isso? Por que o gnu é tão mais adiantado

que o bebê humano? Por causa do leão! Se o gnu não ganha rapidamente alguma independência, o leão vem e lhe janta. Eis a chave da compreensão dos nenês e, de resto, dessa nossa espécie primata: nós nos livramos do leão. Construímos condições tais que o leão não nos ameaça mais. Assim, podemos ficar cevando nosso cérebro lentamente, alimentando-o com proteínas e conhecimento até que, enfim, o nenê se desenvolva e se transforme em algo mais do que um gnu. É a evolução das espécies na prática. Não vejo a hora de o meu chegar nessa fase.

# O nenê dopado

Funchicória é doping. Só pode. Se você não sabe o que é funchicória, de nada. Porque vou lhe fornecer agora informações pelas quais você me agradecerá com o peito soluçante e os olhos marejados. Preste atenção: funchicória, cara! Funchicória é do que você precisa!

Em primeiro lugar, o que é funchicória: é um pozinho feito a partir de uma combinação de funcho com chicória, que, como você sabe, são plantas. Esse pozinho vem em um pequeno pote de plástico e é comprado em qualquer farmácia. Quando um nenê chora, basta passar o bico no pó e enfiá-lo na boca da criança. Pronto. O gritedo cessa, o nenê se acalma e o sol volta a brilhar.

Sempre funciona. É espantoso.

O meu nenê, eu o tenho tratado a funchicória. Ao primeiro inhé, funchicória, funchicória! E o manto da paz desce sobre o lar. É de tal forma eficaz que comecei a suspeitar. Fiquei pensando: quantas vezes pode-se administrar funchicória a uma criança durante o dia sem que ela se torne uma viciada? Além disso, o que sentirá o nenê quando experimenta uma dose de funchicória? Olhei bem para o Bernardo numa das tantas oportunidades em que ele estava chupando bico funchicoriado. A expressão no rosto dele era de quem levitava. Era de beatitude. Ou de quem via hipopótamos voadores.

Resolvi fazer a prova. Lambuzei bem o bico de funchicória. Olhei para os lados para conferir se não havia ninguém por perto. Levei o bico à boca. Chupei, chupei, chupei. Caaaaara! Mó barato! Agora entendo o Bernardo. Comprei uma caixa de funchicória. Ando sempre com meu bico no bolso. Estou ansioso para que o Bernardo cresça logo, para que a gente passe noites nos entorpecendo com funchicória e ouvindo Led.

Vai ser tri!

# Quanta decepção!

Dias atrás, o Bernardo estava no meu colo e, olhando nos meus olhos, sorriu o primeiro sorriso da vida dele.
Eu, bobo:
– Aaaah, ele sorriu para mim...
Mas aí veio um gaiato e me disse que aquilo não era sorriso coisa nenhuma, que nenê com poucos dias de idade não sorri, que era só uma contração facial. Um esgar. Um ricto.
Fiquei um pouco decepcionado. Estava tão contente por achar que o tinha deixado alegre...
Depois comentei com uma amiga que o Bernardo presta a maior atenção quando falo e que, muitas vezes, ele até pára de chorar.
– Não é legal? – observei, todo orgulhoso.
Ela riu de desdém.
– Não é nada disso – falou. – É que a voz masculina, qualquer voz masculina, por ser mais grave e mais baixa, acalma os nenês.
Mais uma desilusão. Não foi a última. Quando contei a alguém que o Bernardo me olhava com muita atenção, esse alguém rebateu:
– Com essa idade, o nenê nem te enxerga. Ele vê só até uma distância de uns vinte centímetros, no máximo.
Exclamei o seguinte, o peito dolorido de revolta:
– Com mil wolfrembaers!

Finalmente, já meio acanhado, disse aqui na Redação que o Bernardo se acalma muito no meu colo. Aperto-o junto ao peito e ele fica calminho e pára de chorar. Foi o que bastou para outra sacripanta me falar que não é nada disso, não é do colo do pai que ele gosta: é que, ao pressioná-lo de encontro a mim, a barriga dele fica quentinha e, se ele está sentindo uma eventual cólica, a dor passa.

Em resumo: meu filho não sorri para mim, não me reconhece, não me vê, não sabe que sou eu quem está falando e, para ele, não faz a menor diferença estar no meu colo ou no do Wianey Carlet.

É isso.

Ser pai é um exercício de humildade.

# Primeiro conselho

Observo o Bernardo enquanto ele dorme. De vez em quando um sorriso se abre em seu rostinho. Sonha com algo bom, decerto. Imagino qual deva ser o tema do sonho agradável de um nenê de um mês de idade. Leite jorrando às catadupas de seios voejantes. Uma banheira cheia de complemento morninho, meu garoto adora complemento morninho. E bicos cobertos de funchicória, claro.

Fica por aí. Nenês de um mês não têm muitas outras atividades de lazer. Foi por isso que resolvi ter uma conversa séria com ele no dia 18, quando o Bernardo fez exatos trinta dias. Diziam que ele me compreendia quando estava dentro da barriga. Agora, então, sem nada entre nós, cara a cara, olho no olho, obviamente que vamos nos entender muito melhor. Peguei-o no colo e comecei a falar.

– Seguinte, cara: tu estás fazendo trinta dias. Um mês. Não é pouco tempo. Com um mês de trabalho, a gente ganha um salário inteiro. Em um mês, uma paixão pode nascer, morrer e transformar-se em ódio. Um império cai em um mês, um time vai para a segunda divisão, trinta reputações podem ser destruídas em um único mês!

Ele me olhava com muita atenção. Respirei fundo. Prossegui:

– Mesmo assim, um mês é pouco, comparado a quem, como teu pai aqui, tem anos de experiência. Anos, compreende? Dezenas de meses, não um só.

Pela forma como ele chupou o bico, vi que entendia. Fui em frente:
— Portanto, preste atenção, rapaz. Preste atenção!

Fiz uma pausa para causar impacto. Ele arregalou ainda mais os olhos. Arrematei:
— A vida não é só tetas, meu! Não é só tetas! Há muito mais pela frente.

Este pode ser um mundo bom, rapaz. Pode, sim. Basta que você não fique obcecado, como parece, por tetas, tetas, tetas. Abra sua mente, rapaz! Tenho a impressão de que ele tentou bater palminhas, em aprovação. Espero que tenha absorvido bem esse primeiro conselho que recebeu na vida.

# Nenês sabem meter medo

A única manifestação possível de ser feita por um nenê novinho como o meu é o choro, disso todo mundo sabe. Mas como pode ser enfática essa manifestação! O nenê não pode dizer que está com fome, por exemplo. Então ele chora. Só que não se trata de um choro civilizado, um lamento. De jeito nenhum. É um choro estridente, com uma voz de potência tal que nenhum adulto possui. O que é justo: nós adultos temos nossa força, nosso tamanho, nosso raciocínio, nossos fuzis AK-47. Eles têm aquele choro. Que choro! Assim:
– UÁÁÁÁÁÁÁÁÁÁÁÁÁÁ!UÁÁÁÁÁÁÁÁÁÁÁÁÁÁ!
Quem ouve pensa que estão matando um porco no apartamento.
Tento argumentar, dizer que o almoço já está chegando. Ele não quer saber de conversa. Quer saber de:
– UÁÁÁÁÁÁÁÁÁÁÁÁÁÁ!UÁÁÁÁÁÁÁÁÁÁÁÁÁÁ!
A Marcinha se desespera, pede-lhe calma, fala com toda a delicadeza de mãe:
– Calma... calmaaaa... ca-caaaalmaaaa...
Ele:
– UÁÁÁÁÁÁÁÁÁÁÁÁÁÁ!UÁÁÁÁÁÁÁÁÁÁÁÁÁÁ!
A Marcinha pespega-lhe os beijinhos mais doces, canta-lhe as músicas do Rei Roberto, de que ele tanto gosta. Não adianta:
– UÁÁÁÁÁÁÁÁÁÁÁÁÁÁ!UÁÁÁÁÁÁÁÁÁÁÁÁÁÁ!

Aí ela passa o guri para mim, enquanto se ajeita para dar de mamar.

Experimento táticas diferentes. Passeio com ele pela casa. Mostro-lhe a rua, o sol, os edifícios, os cachorros, os elefantes, e ele:

— UÁÁÁÁÁÁÁÁÁÁÁÁÁ!UÁÁÁÁÁÁÁÁÁÁAÁÁÁ!

Cristo! Por que tanto drama?

Quando ele finalmente mama, é um alívio. Aí ele mama, mama, mamamamamamama e dorme, e tudo fica em paz. No entanto, é uma paz quebradiça. Uma trégua, na verdade. Todo mundo fala baixinho, caminha pé ante pé, devagar, macio, macio... e se alguém esbarra em algo, todos os outros que estão na casa:

— Shhhhhhhhhh! O nenê está dormindo!

O grande pavor é a possibilidade de ele acordar. Como se ele fosse um pitbull adormecido, um urso que está hibernando na caverna. Às vezes, olho para ele em seu bercinho. Tão pequeno, tão frágil, tão bonitinho, e penso: não há o que temer, ele é bonzinho, ele é um anjo, ele é... Nesse instante, ele acorda. Abre bem aqueles olhinhos. Fita o nada. Abre a boca. Abre bem. Mas bem, mas bem, mas bem. E:

— UÁÁÁÁÁÁÁÁÁÁÁÁÁ!UÁÁÁÁÁÁÁÁÁÁÁÁÁ!

Um nenê sabe meter medo na gente. Por Deus.

# O gostosão do banho

As mulheres vivem pedindo para ver o meu filho tomar banho. Elas miam:
— Ai, eu queria tanto ver o nenê tomar baaaaanho...
Por que isso? O que é que tem um nenê tomando banho? E eu? Por que é que elas não pedem para me ver tomando banho? Afinal, sou o pai. Ele é como se fosse eu pequeninho. Não é muito melhor ver o produto acabado? Pois é, sou o produto acabado. Mas não adianta apresentar essa argumentação, elas querem é ver o nenê, o nenê, o nenê.

Essa gana das mulheres de ver o Bernardo completamente nu e molhado levou-me a fazer algumas reflexões. Decidi observá-lo no banho. Fiz algumas descobertas. Em primeiro lugar, que ele se sente muito bem na água. O que talvez seja parte da minha carga genética, eu que sou um defensor da higiene. Outra: ao secarem-no com a toalha, ele fica um pouco aflito. Às vezes chora. Mas interrompe o choro de pronto quando a Marcinha usa o secador de cabelos nele. Isso mesmo. O secador. Nunca pensei...

Até fiquei apreensivo quando ela fez isso pela primeira vez, mas parece que se trata de prática comum em nenezinhos, a fim de evitar que sejam acometidos por assaduras. E ele adora a coisa toda, sobretudo no momento em que a Marcinha direciona o vento quente para a região das virilhas (as virilhas dele, lógico). Aí o Bernardo abre bem os olhos e a boca e... curte... A gente percebe que ele está se sentindo muito bem com aquilo. E as mulheres que porventura estejam assistindo, elas vibram, nessa hora. É o que elas mais gostam, a cena do secador na virilha. E elas apitam:

– Uóóóóó...

Algo que não me surpreende. Já sabia que as mulheres apitavam. Mas, dia desses, uma delas ficou tão emocionada com a cara de êxtase do Bernardo na sessão do secador, que disse:

– Ai, que lindo o pintinho dele!

Pisquei. Olhei para o Bernardo e, juro, acho que ele olhou para mim também.

Trocamos o nosso primeiro olhar de compreensão masculina! E então sorri, e aproximei-me dele, e falei em seu pequeno porém atento ouvido:

– Aproveite, garoto. Aproveite...

# O arroto, esse injustiçado

Em que altura da vida o arroto deixa de ser importante? Sim, porque, quando temos 45 dias de idade, o arroto é uma das nossas atividades mais fundamentais à sobrevivência, ombreando com a alimentação e o sono. O arroto é algo que faz de um homem um pai tenso. O meu nenê, por exemplo, se vou pegá-lo no colo depois da mamada, alguém logo pergunta:
– Ele arrotou?
Fico meio que em dúvida, nunca tenho certeza se aquele barulho que ele fez é um arroto ou um arrulho ou apenas o jeito de ele dizer bom dia. Respondo:
– Ahn...
Aí todos protestam com muita gravidade:
– Ele precisa arrotar! Tu tens que fazê-lo arrotar!
Como é que se faz alguém arrotar? Devo dar-lhe Coca-Cola? Causa-me alguma aflição essa responsabilidade de obrigar o Bernardo a arrotar. Dizem-me que tenho de bater nas costas dele. Bato. Ele dorme. Parece bem sereno ali, dormindinho no meu colo, mas isso não satisfaz às mulheres que cuidam dos bebês. Elas vêm e insistem:
– Ele arrotou antes de dormir? Como é que tu deixaste ele dormir sem arrotar? É perigoso ele dormir antes do arroto!
Rapaaaz! Nunca pensei que o arroto tivesse tanta importância. E é isso que me leva à reflexão que enunciei lá

em cima: quando é que o arroto perde o seu status? As outras atividades desse período da existência, como as já citadas alimentação e sono, elas continuam a ser valorizadas no decorrer da longa estrada da vida. Mas e o arroto? Em que parte do caminho o arroto ficou?

Depois de certa idade, você come e ninguém lhe pergunta:

– E aí? Arrotou? Não vai se esquecer de arrotar, hein?

Muito importante arrotar.

Você mesmo não fica se gabando:

– Cara, dei uma arrotadona ontem...

Não. Você se esqueceu do arroto. Você não pensa mais no arroto. E, se por ventura arrota, você não é elogiado; é xingado. O arroto agora é uma vergonha. Um dia na glória, outro na desgraça. Que sacanagem com o arroto!

# O supositório

O Bernardo foi botar supositório. Quer dizer: foram botar supositório nele. Fiquei tenso. Minha primeira reação de pai cioso foi tentar evitar a coisa.

– Isso é realmente necessário? – perguntei. – É re-al-men-te necessário?

Era.

Suspirei. Que fazer? Temos de nos submeter aos médicos e aos técnicos de informática. Eles falam, nós acreditamos. Não há outra saída. Olhei para meu filhinho. Lá estava ele, deitado de costas, balançando as pernotas sem sequer desconfiar do que ia acontecer.

Suspirei de novo.

Por que o mundo tem de ser assim? Meu menino tem poucos dias de idade e já vão introduzir-lhe um supositório no, bem, no local onde se introduzem supositórios.

Foi a essa altura das minhas doloridas reflexões que pensei na outra possibilidade: a de ele gostar da, bem, introdução supositorial. E então fiquei realmente aflito. Agora surge a necessidade de uma explicação politicamente correta: nada contra quem gosta dessas introduções, só que, sei lá, penso em outro futuro para meu filho. Coisas de pai tradicional, sou um pai tradicional...

Enfim. O fato é que pus-me em estado de grande apreensão. Encostei-me à parede do quarto para observar a ação. Como reagiria o Bernardo, o futuro desembargador?

Acercaram-se elas todas, mãe, babá, avó, acercaram-se da vítima. Ele olhava-as com seus grandes olhos inocentes. Senti um aperto no peito. Despiram-no, e o fizeram com a destreza dos torturadores dos regimes de ferro. Bernardo balançava a cabeça para lá e para cá, sem protestar. Duas delas o seguraram por mãos e pés. Covardes! A terceira, a mais cruel delas, apanhou um imenso e ameaçador supositório. Meu coração murchou no peito. Então... Então... Então...
Então ela fez.
Colocou o supositório!
Joguei o corpo para frente para olhar. Bernardo arregalou os olhos de espanto.
Notei que havia ficado perplexo com aquele ataque à sorrelfa. Analisei bem o rostinho dele. Aproximei-me para fazê-lo. Bernardo piscou. Abriu a boca. E, finalmente, esgoelou-se de tanto chorar. Sorri. Saí do quarto mais leve. A gente nunca sabe...

# 7. Os primeiros meses

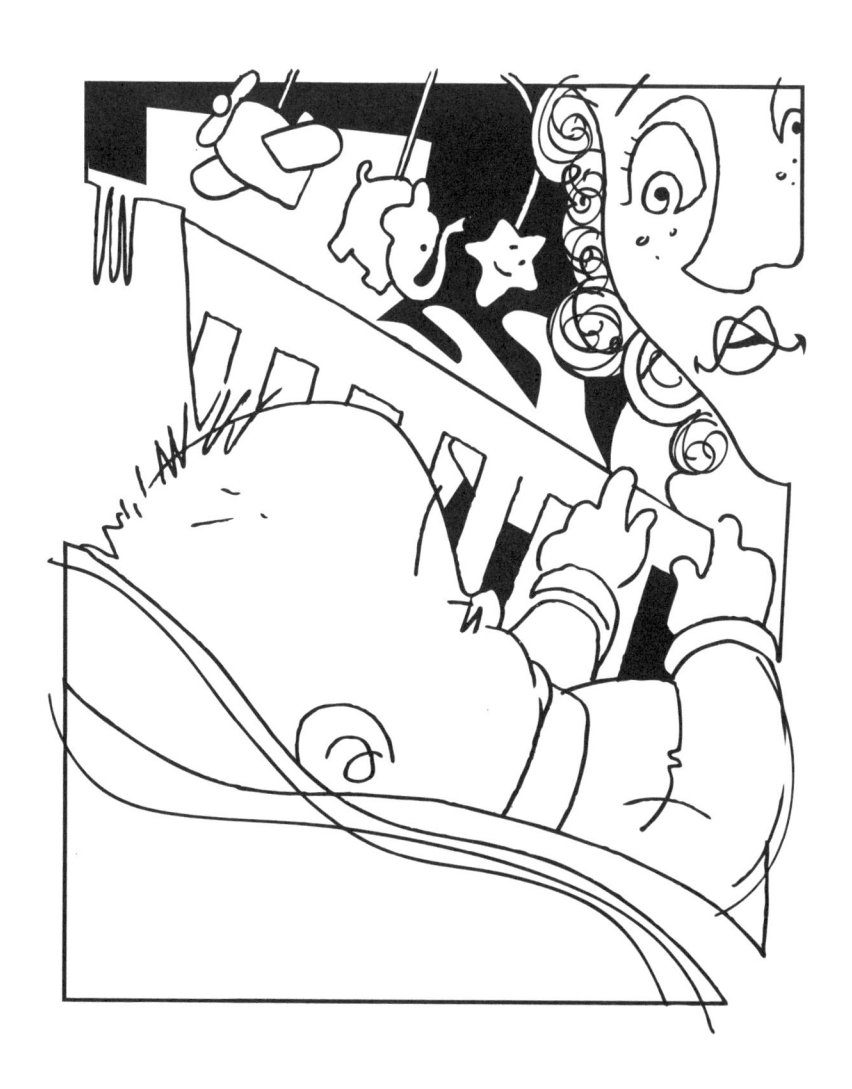

# Tiuquetiuquetiuque

Por que é que as pessoas fazem tiuquetiuquetiuque para os nenês? Nunca entendi isso. Não tem sentido fazer tiuquetiuquetiuque. Um adulto parece meio abobado agindo assim. Durante muito tempo, via alguém fazendo tiuquetiuquetiuque e imaginava o que o nenê devia estar pensando sobre aquela pessoa.

Então isso é um adulto?

É assim que vou ficar quando crescer?

Quero voltar para as trevas úmidas das entranhas da minha mãe!!!

Algumas mulheres não fazem tiuquetiuquetiuque, mas falam com o bebê como se fosse o bebê falando com elas, usando voz de falsete, miada:

– Aaaah, aguooooora eu quero cuooolo, não quieeero mais ficar neste berço chaaaato...

– Devolve o meu biiiiico!

– Estou com fuome, mamããããe!

Isso sempre me irritou. Eu, agora, com o meu filho no colo, tento desenvolver um relacionamento digno com ele. Como sei que ele será desembargador, puxo conversas sisudas. Sobre a carga tributária excessiva, as terras que o governo doou para os índios, o preço das commodities, essas coisas. Só que, dias atrás, aconteceu algo pelo qual não esperava. Trazia o Bernardo no colo, falávamos sobre a abordagem que o Cesare Cantu faz da Alta Idade Média,

quando ele olhou bem para mim com aqueles olhões arregalados dele, e a boquinha dele foi se contraindo, e seus lábios se puxando para cima, e ele me lançou um sorrisão e, junto com o sorrisão, saiu da pequena garganta dele a maior gargalhada que ele deu até agora, uma gargalhada tão gostosa, tão sonora, tão limpa e doce, que sorri e fiz aaaah e, sem que percebesse, sem que pensasse nisso, sem que pudesse resistir, fiz:
— Tiuquetiuquetiuque...
E de novo, mexendo no queixinho dele:
— Tiuquetiuquetiuque...
E mais uma vez, beliscando-lhe as bochechas gordas:
— Tiuquetiuquetiuque...
É isso. Transformei-me num maldito fazedor de tiuquetiuquetiuques.

# O cotovelo do tio

Um bebê é uma criatura sempre cercada de mulheres. A mãe, a babá, as avós, as tias, as amigas da mãe, as amigas das tias, as amigas das avós et caterva. Essas mulheres, cada uma delas olha para o nenê e diz:
— Tem a orelha da tia Hermínia. Olha só essa orelhinha viradinha fofinha pequeninha! A orelha da Hermínia!
A outra retruca:
— Mas o nariz é do Jair. Empinadinho. Ó. O Jair escrito.
Uma terceira analisa melhor e conclui, pensativa:
— A boca da prima Percília...
Ao que a primeira contra-ataca:
— Agora: olha para essa covinha! Não é a covinha da Mirtes? Lembra do jeito que a Mirtes sorria? Com uma única covinha?
— E o tom de pele! – diz a segunda. – Igualzinho ao da vó Anísia.
A primeira volta à carga:
— Esse pé é gordinho como o meu. Olha como o meu pé é gordinho.
Assim elas ficam. Na verdade, não passa de uma disputa de poder. Se o nenê tem o nariz ou os olhos ou os cabelos de uma facção, ele pertence um pouco mais a essa facção. Tudo bem, posso compreender isso. Trata-se de um sentimento ancestral das mulheres. Mas até o atavismo mais

arraigado tem seus limites. Dia desses, uma delas me disse, a respeito do Bernardo:

– Uma cartomante me falou que ele é a reencarnação do tio Olímpio.

Invoquei. Ah, não! Aí, não! Não quero ser pai do tio Olímpio! Não quero sustentar o tio Olímpio! Recuso-me a levar o tio Olímpio para dormir na mesma cama que eu! O tio Olímpio, não!!!

# Maldito sono

Não consigo entender a mecânica do sono dos nenês. Um adulto, quando fica com sono, o que lhe sucede? Ele vai se amolentando, seus membros se tornam lassos, suas pálpebras, pesadas, ele pisca, ele cabeceia, ele não se sustenta, até que dorme.

E um nenê? Olho para o meu nenê e ele está esperneando e se debatendo todo e berrando. Mas berrando! BERRANDO!!! Aí alguém diagnostica:

— Está com sono.

Sono? Sono!?! Mas não é possível que esteja com sono. Eu, se tenho sono, não me ponho aos berros:

— Estou com sooooooono!!! Mas que droga! Quero dormiiiir!!! Não agüento mais de tanto sooonoooo! Wolfrembaer, quanto soooonoooooo!!!!! Vocês não estão ouvindo que estou com sooooonooooo??? Pô, que sooonooooooo!!!!!!!!! MAS QUE SOOONOOO, QUE SOOONOOOO, QUE MALDITO SOOOOOOOOOOOOOO-NOOOOOOOOOOOOO!!!!!!!!!

Não. Se faço isso, não durmo mais. Perco o sono.

Outra: o nenê está lá, se esgoelando de tanto chorar, e dizem que ele está com sono. Bom. Aí penso: já sei: vou colocá-lo no berço. É o que faço. Mas quem diz que ele dorme? Não dorme. Continua urrando como se estivesse sendo espancado, acordando o prédio inteiro, fazendo a cachorrada da vizinhança latir. Então vem uma das inúmeras mulheres que cuidam dele e ralha:

– Ele não pode ficar deitado! Ele está com sono!

Por mil Mogadons, se não é deitado que ele vai dormir, como é que ele vai dormir? Correndo pelo parquê do apartamento? Jogando bola?

O fato é que um nenê não dorme deitado, nem dorme embalado, nem dorme posto de pé, nem dorme sentado. Um nenê dorme berrando feito um porco tomando eletrochoque e esperneando feito um polvo no asfalto quente. Assim são os nenês, essas criaturas úmidas e misteriosas. Não consigo compreendê-los. Só compreendo o seguinte: que nunca mais vou dizer, para alguém que dorme bem, que esse alguém dorme como um nenê!

# O guarda-chuva

Quando minha avó ia sair de casa para morrer, fui visitá-la. Já nem caminhava mais, abalada pelo câncer. Naquele dia, seria transferida para o hospital. Fiquei um tempo ao pé da sua cama, despedi-me, beijei-a, já ia saindo, e ela me chamou.
– Que foi, vó?
Começou a fazer força para levantar. Apoiava-se no colchão, soerguia-se com dificuldade, arfava. Protestei:
– Onde a senhora vai, vó?
Não me deu ouvidos. Pôs-se de pé e saiu arrastando as pernas cansadas pela casa, eu atrás, perguntando o que ela queria fazer, jurando que faria para ela, reclamando. Ela foi até a despensa, atrás da cozinha, e de lá tirou um guarda-chuva. Estendeu-o para mim:
– Está chovendo. Tens que te cuidar.
Em seguida, voltou para cama, para não mais se levantar.
Muito pensei sobre esse gesto da minha avó, praticamente o último da sua vida ativa. Um gesto de amor. Quantas vezes ela fez algo parecido por mim, bem como meu avô, minha mãe, minha madrinha... Quantas vezes. E eu? O que lhe dava em troca? Eu, mais preocupado com o que fazer no fim de semana, com a namorada, com o chopinho com os amigos, eu lhe dava quase nada, eu lhe oferecia migalhas, e muito lamentei por isso, depois que ela se foi.

Mas hoje, com meu filhinho nos braços, entendo a minha avó. Porque ele é tão pequeno, ele não tem nada para me dar, além de um sorriso. Um sorriso, apenas, um pequeno sorriso. Só que... não preciso de mais. O que sinto por ele preenche o espaço de amor que existe entre nós. Assim, um sorriso já é a minha boa recompensa. Um sorriso é o que me basta. Tomara que tenha dado sorrisos bastantes para a minha avó, tomara, tomara, tomara que pelo menos sorrisos não lhe faltassem, porque o amor que ela tinha por mim não faltou.

# Pequenos chineses e roqueiros grandes

Disseram-me que os nenês podem morrer durante a noite. Parece, inclusive, que já aconteceu várias vezes, isso. O nenê está dormindo e vomita – nenês vomitam o tempo todo. Se ele estiver com a barriga para cima, poderá se afogar no próprio vômito. Cristo! Alguém pode considerar um acidente improvável, mas é porque esse alguém não conhece a história do rock. Vários roqueiros morreram afogados no próprio vômito numa época em que eles nem eram nenês. Isso me deixou apavorado.

Dormi mal muitas noites, apurando o ouvido para identificar sons gorgolejantes no berço. Nunca ouvi nada, mas nem assim me tranquilizei. Alguém disse que os nenês podem morrer sem motivo algum. Uma certa síndrome. Eles morrem, e pronto. Ninguém jamais descobriu a razão de tal enfermidade. Simplesmente morrem. Puf. Quer dizer: à noite, eu ficava atento. Se houvesse ruído de vômito, ficava aterrado; se não houvesse, também ficava aterrado. Ia lá, botava a mão sob as narinas do nenê para descobrir se ele continuava respirando.

Uma vez, tive a nítida impressão de que ele não respirava. Sacudi-o como se fosse um iogurte. Ele acordou berrando, fiquei aliviado, mas a Marcinha, insensível, me xingou.

Foram noites horrendas. Mas os dias também não foram melhores. Por causa da moleira. Contaram-me que a moleira é demasiadamente frágil nessa etapa. Um pudim. Se alguém inadvertidamente bate na cabeça do nenê, ou se lhe cai algo acima da testa, pode ser fatal. Outra: avisaram-me que há uma epidemia de catapora na cidade, e que catapora é horrível para nenês porque é contagiosa, pode ser transmitida até pelo ar que se respira. Pelo ar!

Passei semanas em pânico. Há perigos noturnos, há perigos diurnos, há perigos na atmosfera que nos rodeia e há perigos até sem razão alguma!!! Como proteger um nenê indefeso contra esse mundo ameaçador?

Só me acalmei quando vi um programa que mostrava cenas da China. Eram chineses e chineses, milhões deles. Como se explica haver tanto chinês se eles têm rígidos programas de planejamento familiar, se as condições de vida são muitas vezes precárias? Como? Obviamente, porque os nenês não são tão frágeis assim. Os nenês funcionam. Foram feitos para dar certo. E o meu, o seu, os nossos darão! Como se fossem pequenos chineses, não como roqueiros grandes.

# O pintassilgo Perna Gorda

Um nenê, ao nascer, é pouco mais do que um pé de couve. Ele mal enxerga, ele não fala, ele não agarra coisa alguma com seus pequenos dedos, ele não anda com suas pernas gordinhas, ele mal se movimenta, pois passa a maior parte do tempo dormindo, ele apenas é alimentado e produz excrementos. Ponto. Não me surpreenderia que um deles fizesse fotossíntese, tão semelhantes que são às plantas dos vasos.

Passadas algumas semanas, o nenê evolui para o estágio do peixe de aquário. Tudo indica que ele vê e ouve, mas não existem provas concretas a respeito. Essas duas primeiras fases são frustrantes. No entanto, eu, do alto da minha experiência de pai veteraníssimo, alerto: não desanime, logo o nenê ingressará na alegre fase do passarinho de gaiola. Alegre, sim, e posso dizê-lo com autoridade, pelo seguinte: já tive muitos passarinhos de gaiola. Um deles, o pintassilgo Perna Gorda, vinha comer na minha mão. Por Deus. Botava um açucrinha no dedo, e ele vinha. O açúcar é muito eficaz nas tarefas de domesticação. Nem os índios resistiam ao poder sedutor do açúcar, como se sabe.

Outra: o Perna Gorda reconhecia as pessoas que tratavam dele. Uma vez, a minha avó botou rodelas de pepino na cara, uma coisa que as mulheres fazem, por algum motivo. Então, lá estava a minha avó com a cara cheia de rodelas de pepino, e mais um turbante na cabeça, e talvez uns cremes na pele do rosto, sei lá. Bom. Vez em quando, a minha avó reabastecia as tigelinhas do Perna Gorda com alpiste. Nesse dia aí das rodelas de pepino ela foi fazer isso. Agachou-se para abrir a gaiola e ficou com o rosto bem à altura do Perna Gorda. O Perna Gorda olhou para ela naquele estado, mas olhou bem com seus olhos arregalados de passarinho, abriu o bico o máximo que pôde, emitiu um guincho e desmaiou. Pobre Perna Gorda, que horrores deve ter-lhe inspirado aquela visão monstruosa.

Pois bem. Os nenês, nessa etapa, são como o pintassilgo Perna Gorda. Reconhecem quem lhes alimenta, fazem sons, alegram o ambiente e podem até se assustar. Grande fase. Mas não vejo a hora de chegar o tempo em que ele virará um cachorrinho.

# Querido diário

Não sei, acho que a vida de um nenê é meio monótona. Tenho observado o meu. Ele não faz muitas coisas, não leva uma vida agitada ou emocionante, de forma alguma. Fica lá, deitado, olhando o mundo. Deve ser chato. Bem. Para avaliar se ele tem realmente um dia-a-dia enfadonho, resolvi anotar suas atividades e fazer-lhe um diário. Ficou assim:

 Querido diário, hoje acordei, chorei e minha mãe me deu mamadeira.
 Arrotei.
 Depois fiz um cocozinho. Minha mãe me limpou e trocou minhas fraldas. Aí vomitei. Minha mãe trocou minha roupa. Aí fiz xixi. Minha mãe trocou minhas fraldas e minha roupa outra vez.
 Dormi.
 Acordei, chorei e minha mãe me deu mamadeira.
 Arrotei.
 Depois fiz um cocozinho. Minha mãe me limpou e trocou minhas fraldas. Desta vez não vomitei. Saí com minha mãe. Ela foi comprar guisado. Eu estava no carrinho. Vi um cachorro.
 Dormi.
 Acordei, chorei e minha mãe me deu mamadeira.
 Arrotei.

Fiz outro cocozinho. Minha mãe me limpou e trocou minhas fraldas.

Vomitei.

Minha mãe trocou minha roupa. Brinquei com meu paninho. Foi legal. Pensei naquele cachorro.

Dormi.

Foi um bom dia.

Não é uma vida muito movimentada, realmente. Ainda bem que ele tem aquele paninho para brincar.

# O cocô

Toda hora vem um gaiato me dizer:
– Já trocou fralda? Tem que trocar fralda. Tem que limpar o cocô do nenê. Tem que! Tem que!

O sol não se deita atrás do arroio Dilúvio sem que apareça alguém insistindo com esse troço do cocô. O Alexandre Bach, do *Diário Gaúcho*, chegou a apresentar argumentos psicológicos. Disse que limpar o cocô do nenê é importante porque é como se eu, com minhas próprias mãos, estivesse a arrancar-lhe as impurezas e bibibi. Falou tanto do cocô, o Alexandre Bach, e com tamanho entusiasmo, e tanta gente me fala desse cocô, até os leitores escrevendo imeils falando que tenho que limpar o cocô, e dão tanta importância ao cocô, cocô, cocô, cocô, que pensei: acho que vou ter que limpar essa bosta desse cocô.

Esperei que o nenê fizesse cocô, o que não foi difícil, ele tem feito muito cocô.

Ele fez. Blop. Aí fui lá:
– Deixa esse cocô comigo.

As mulheres que cuidam dele ficaram me olhando:
– Ué?

– Tenho que arrancar as impurezas dele com minhas próprias mãos – expliquei.

Elas se entreolharam, um pouco assustadas.

O primeiro passo foi abrir a fralda. Barbada. Quando a abri, Jesus Cristo!, QUE FEDOR!!! Cara, como é que pode um nenezinho tão pequeno e redondinho fazer um cocô tão fétido? Ele só se alimenta de leite, imagina quando começar a tomar cerveja!

Torci o nariz. Blergh. Peguei um chumaço de algodão, embebi em água morna, como o prescrito, e comecei a limpar. Complicado. O guri não parava quieto, balançava as pernas e os braços sem cessar, parecia uma aranha epiléptica, eu não consegui segurá-lo e limpá-lo ao mesmo tempo. Ele se espadanava no cocô e saltava cocô para todo lado, eu fiquei encocozado, o quarto ficou encocozado, o cheiro pútrido se espalhava pela atmosfera, me dava náuseas, eu tinha que afastar o nariz para não vomitar em cima do nenê e tinha que olhá-lo para limpar aquela cocozama toda, e não tinha como fazer as duas coisas e me deu uma ânsia, mas uma ânsia, mas uma ânsia, e eu gritei:

– Ajuda!

Lá vieram as mulheres que cuidam dele, rindo do meu fracasso, congratulando-se pela sabedoria superior que elas têm.

Podem me falar, podem me mandar imeils, o Alexandre Bach pode vir com tratados de pediatria, que não adianta: não limpo mais cocô!

# 8. Quatro meses

# Nenês mordidos

Os nenês são indefesos, todo mundo sabe que são. Se eles são bem novinhos, tipo quatro meses e pouco, como o meu filhinho, eles não andam, não falam, nem sequer agarrar as coisas direito eles agarram. Eles só ficam lá, deitados, olhando para tudo com seus olhões de bolita, rindo do mundo. Mas eles têm suas defesas. São instrumentos dos quais a Natureza os dotou para que pudessem sobreviver neste Vale de Lágrimas e levar essa história toda adiante, por alguma razão. Essas defesas são, mais especificamente, duas:
 1. Eles choram estridentemente, é impossível ficar indiferente ao choro dos nenês. Quanto menor um ser humano, mais alto ele chora.
 2. E eles são bonitinhos.
 Aí está. Eles são bonitinhos, redondinhos, os pezinhos dos nenês são como bisnaguinhas Seven Boys, suas barrigas jamais passaram por abdominais, suas bochechas são rosadas e fofas, todos gostam de apertar nenês e, mais, todos gostam de mordê-los.
 Por isso, ninguém faz mal aos nenês.
 Impossível fazer mal a uma criatura tão bonitinha, mas tão, que chega a ser apetitosa.
 Agora, dias atrás, um amigo me disse algo que julguei preocupante, a esse respeito.

– A gente olha para um nenezinho e tem vontade de comê-lo a dentadas, não é mesmo? – perguntou-me ele.

E eu, sorrindo, embevecido, lembrando do meu menininho:

– É. Isso mesmo. A gente tem vontade de comê-los a dentadas!

E o meu amigo:

– Depois que eles crescem, a gente se arrepende de não ter feito isso!

Desde então, tenho observado o meu nenê com alguma aflição. Transformar-se-á, aquele anjinho, num demônio adolescente, anguloso, espinhudo, de voz cambiante? Sentirei, daqui a alguns anos, uma vontade homicida de mordê-lo? Não sei. Em todo caso, tenho lhe dado umas mordidinhas, de vez em quando.

# O que dá celulilte

Tenho uma boa notícia para as mulheres, para os próximos verões!
Atenção, preparem seus biquínis mais sumários: Descobri a causa da celulite!!!
Não é a Coca-Cola, nem quaisquer outros refrigerantes gasosos. Não é o cachorro-quente. Nem todas as variedades de cheeseburger com ou sem ovo. Não é a mostarda ou o ketchup. Nem chocolate, doces mil, bolachas recheadas, bacon, adoçante, sacarina, nada disso!
É o leite!
A prova é o meu nenê, que, em seus quatro meses de idade, só se alimentou de leite, leite, leite, e tem celulite! Ele é todo gordinho, o Bernardo, todo cheio de dobras e, entre elas, apresenta lá alguma celulitezinha. Mesmo assim, todos que o vêem, sobretudo as mulheres, exclamam:
– Que lindooooo!
Quer dizer: os padrões de beleza são cambiantes. Em um momento, o bonito é ser gordinho, redondinho, fofo. Em outro, nos exigem magreza, músculos definidos, barriga de tanquinho. Nunca uma mulher vai dizer que lindoooo para o Pedro Ernesto Denardin. Uma injustiça. Porque, assim como a celulite do nenê significa que ele está bem alimentado e bem cuidado, cada dobra da barriga de um homem adulto representa uma noite feliz com os amigos regada a chope cremoso, representa inefáveis porções de

batata frita, representa jantares suntuosos, feijoadas olorosas, macarronadas com vinho, representa uma vida de alegria e afetos, uma vida de sorrisos e sabedoria. Os nenês mostram realmente o que é bom. Eles são a prova de que uma vida sem um pouco de gordura não vale a pena ser vivida.

     E de que cachorro-quente com Coca-Cola não dá celulite!

# Os nenês e as bombas

As pequenas corujas estão a salvo da sanha espocadora do gaúcho nas festas de Ano-Novo. Afinal, por causa de uma família de corujas que instalou seu ninho no local onde deviam ser estourados rojões na praia, a comemoração de Reveillon foi proibida em Capão da Canoa. Muito justo. Muito ecológico e tudo mais.

Mas e o cachorro?

Tem bicho que sofre mais com bomba do que o cachorro? Nenhum, decerto. Mesmo assim, os espocadores fazem todo aquele alarde quando o ano termina. Entendo o que estão festejando: chegou mais um ano e continuo vivo! Não deixa de ser uma façanha, para quem gosta de estourar foguete, mas talvez eles estejam sendo apressados nesse otimismo todo. Janeiros costumam ser perigosos.

Nenhum espocador se assusta com isso. Eles querem é fazer barulho. E danem-se os cachorros, as pessoas, os elefantes. As únicas protegidas são as famílias das corujas. E... os nenês. Devido à ação de algum mecanismo da Natureza, bombas não abalam o sono dos nenês. Pelo menos não o sono do meu. Deve ser algo que está embutido nos nenês de quatro meses de idade.

Nós estávamos em Atlântida, lugar que, ao ser vencida a barreira das 23 horas no dia 31 de dezembro, transformou-se em algo parecido com o que deve ter sido Bagdá nos anos mais explosivos da guerra. As bombas

estouravam por toda parte, pareciam estar estourando no quintal da casa ou logo acima das nossas cabeças, estouraram tanto, e com tal freqüência, que ficou no ar o cheiro de pólvora e uma imensa nuvem de fumaça que flutuava acima da casa na praia. A cada carga dessas, e foram muitas, durante mais de uma hora, eu corria ao quarto do nenê:
– Agora ele acordou!
Nada. Dormia de ladinho, imóvel e indiferente. Cheguei a conferir se ainda estava respirando. Podia ter tomado tamanho susto com a foguetama que deu-lhe uma síncope, sei lá. Mas não. Ele dormia serenamente, acho até que vi um sorriso em seu rostinho. Dormia como... um nenê. A Natureza, sábia, protege os bebês contra os espocadores. Os amantes da Natureza protegeram as corujas. Mas os cachorros continuam indefesos. Ninguém se preocupa com os cachorros.

# Solteiros e sem filhos

Dia desses, cheguei à Redação com a notícia:
— Hoje ele comeu bife!
Ele é o Bernardo, naturalmente. Meus colegas que têm filhos se alvoroçaram.
— Bife, é? E daí? Como foi? Muita sujeira? Não se engasgou?

Fiquei contando como ele se agarrou num carnão com as duas pequenas mãos e ficou chupando o bife sofregamente e se lambuzou todo, da testa aos pés, e arregalou bem os olhos de surpresa e prazer com a deliciosa experiência carnívora.

O Boró perguntou, aqui na minha frente:
— Vais contar isso para tuas amigas vegetarianas?

Ri da provocação do Boró, trata-se mesmo de um provocador, esse Boró.

Continuamos comentando sobre como os nenês gostam de carne e talicoisa, até que olhei para o repórter Fister, sentado ali adiante. Ele acompanhava a conversa com o maior ar de enfaro, o queixo apoiado na mão, o cotovelo apoiado na mesa. O repórter Fister, importante esclarecer, é solteiro e não tem filhos. Então, lembrei-me de meus velhos tempos de homem sem filhos, tempos que tão longe se vão, tempos de um passado remoto, e lembrei-me também de como me aborreciam os assuntos de pais e mães, as comédias e os dramas comezinhos de crianças que haviam cometido pequenas proezas, que surpreendiam os adultos com suas espertezas ou os comoviam com sua inocência, lembrei-me que pensava que, realmente, o emocionante para um pai ou para uma mãe é irrelevante para um solteiro e sem filhos, lembrei-me que, naquele tempo, eu gostaria de ser poupado de historinhas soporíferas acerca de mamadas, cocozinhos, primeiras palavras e cólicas infantis, lembrei-me que os solteiros e sem filhos estão muito distantes desse mundo em que tudo é azul-claro e matinal, que os interesses dos solteiros e sem filhos são, ao contrário, noturnos e pecaminosos, que não devemos submeter os solteiros e sem filhos a esse tipo de provação, e, pensando nisso tudo, olhei para a expressão entediada que ensombrecia o rosto do repórter Fister e falei:

– Mas como eu dizia: ele agarrou o bife com as duas mãozinhas e...

Os solteiros e sem filhos têm de sofrer um pouco, também.

# 9. Cinco meses

# O pesadelo

A madrugada já dobrava uma de suas últimas esquinas, e o nenê chorou. Estranho. Porque ele não acordou, ou pelo menos não acordou completamente. Parecia estar, assim, em estado alfa. E chorando. Não foi difícil fazê-lo voltar a dormir por completo. Foi só ir lá, embalar o berço um pouquinho, fazer tianã-nã-nãnã-nã, e ele se aquietou outra vez.

O que aconteceu? Teve um pesadelo, obviamente. Certo.

Agora alguém me diga: que tipo de pesadelo pode ter um nenê de cinco meses? Que pavores o atormentam? Ele não haverá, por exemplo, de sonhar que está caminhando em câmera lenta por um corredor comprido, um corredor que não termina nunca, o pesadelo clássico. Não: ele nem caminha. Também não sonhará com o rebaixamento do seu time para a segunda divisão: ele não liga para futebol. Nem será aterrorizado pelas vicissitudes da informática, como já fui – certa feita, durante uma viagem na qual meu laptop não funcionava, acordei todo suado, aos gritos de:

– Control shift! Control shift!

Não, não há possibilidade disso. Seriam assuntos atinentes ao seu mundo que o afligiriam, decerto. Quem sabe mamadeiras vazias? Bicos perdidos? Ou talvez uma babá psicopata?

Só que essas alternativas também são improváveis. Há várias mamadeiras cheias estocadas pela casa, esperando pela hora da fome do Bernardo, seus bicos sempre estão nas cercanias e ele se dá muito bem com a babá. Qual seria, então, a razão de seu terror noturno?

Pensei muito, pensei, pensei, até que descobri: os ecologistas! Ocorreu que, uma manhã dessas, dava eu uma passada d'olhos com apóstrofo no jornal e li em voz alta a seguinte notícia: os ecologistas sugeriam que, em nome da preservação da Natureza, as fraldas voltassem a ser de pano. Em suma: o fim das fraldas descartáveis!!! Justamente naquela noite, o nenê acordou chorando.

Foi isso, só pode ter sido isso.

Levou algum tempo para que ele se recuperasse do susto. Quando tudo estava calmo, as madrugadas silenciosas e tal, contei a história para a Marcinha. Ela arregalou os olhos verdes:

– Eu não sabia disso! – exclamou. – Eles querem mesmo acabar com a fralda descartável?

Confirmei:

– Querem, sim. O planeta e tudo mais, sabe?

Naquela madrugada, problemas, outra vez. Choro, gritos, lamentos.

Era a Marcinha, gritando:

– De pano, não! De pano, não!

A ecologia pode ser assustadora.

# O pai veterano

Alguns amigos meus tornaram-se pais recentemente. Ou tornar-se-ão dentro de poucos dias. Uma epidemia, isso. Um andaço, como se diz na Fronteira.

Um deles queixava-se da mulher:
– Ela só chora!

Apartei:
– Sabe o que que é? É que ela passou nove meses com aquele alien na barriga, crescendo, alimentando-se, movendo-se, chutando. Durante esses nove meses, ela foi a pessoa mais importante do mundo. Todos perguntavam como ela estava a todo momento, todos queriam saber quando ela ia parir, ela não entrava em fila de banco, ela tinha estacionamento especial no supermercado, ela estava iluminada pela concepção, ela tinha desejos e manias e podia chorar ou se lamentar, que para tudo havia justificativa. Ela era a rainha, nesses nove meses. Aí, arrancaram o alien de dentro dela. E o que restou? Não foi o vazio, ah, não. Foi uma gosma nojenta, uma mistura de sangue com placenta, com tudo que é tipo de meleca que envolve o nenê, da qual ele se alimenta, e que vai saindo do organismo dela em placas escuras, lentamente, custosamente, talvez até dolorosamente. Ela está toda costurada, toda flácida, toda molenga, toda inchada. Ela tem dobras na cintura e os pés do tamanho de pães de um quarto de quilo. E mais: a mulher, agora, já não tem mais vida própria: ela não pode se

afastar do nenê, ela não pode parar para tomar banho ou comer decentemente ou sair com os amigos, porque o nenê mama de duas em duas horas e quando não mama faz cocô e, quando não faz cocô, faz xixi, ou tem dor de barriga, ou dor de ouvido, ou simplesmente não dorme. A mulher pensa: minha vida acabou! E é como se fosse isso mesmo! Porque, sim, de certa forma, a antiga vida daquela mulher acabou, ela mudou para sempre, ela é outra pessoa, não aquela menina que usava minissaias minúsculas e jeans apertadíssimos e que ia às baladas no alto de saltos de quinze centímetros, não, ela não é mais quem era, ela é uma mãe!

Quando terminei minha explanação, meu amigo estava de olhos arregalados, boca aberta, lívido. Engoliu em seco. Gaguejou:

– M-meu Deus!

– Pois é, pois é... – disse eu, professoral.

– Coitada da minha mulher – tornou ele.

E eu:

– Pois é.

– Vou para casa – avisou. – Vou ver como ela está.

Sorri, enquanto ele se afastava. E pensei, satisfeito: ah, toda a sabedoria acumulada por um velho pai como eu...

# Um dia sem o Bernardo

Na segunda-feira passada, saí cedo de casa a fim de participar de um programa de TV. O Bernardo dormia em seu bercinho e não me viu naquela manhã. Nem no resto do dia. Fiquei fora até a noite, trabalhando na *Zero*, no "Pretinho Básico", da Atlântida, retornando para a *Zero*, sempre dentro da minha gravata prateada, que, para participar do programa de TV, tive de enfiar-me em uma gravata prateada.

Quando voltei para casa, ele estava no bercinho de novo, atrás do seu bico preferido, agarrado no seu paninho de dormir, pronto para mais uma noite de sono tranqüilo. Fui lá correndo – era a primeira vez que passávamos o dia sem nos ver. Cantei "Atirei o Pau no Gato" para ele. Ele adora "Atirei o Pau no Gato", sobretudo a parte em que a Dona Chica-cá admirou-se-sê, embora sempre fique sério quando a música chega no berrô que o gato deu. Depois de brincar um pouco, dei-lhe as costas, ia para o quarto, tirar a gravata prateada, que até a elegância cansa, depois de um dia de labuta jornalística. E, então, o Bernardo, sempre bem-humorado, sempre risonho, sempre festivo, fez beiço e protestou com uma choradinha:

– Inhéééé!

Reclamou que eu estava indo embora de novo! Sentiu saudades do pai! Voltei mais do que depressa, cantando, animado:

– Aaaaaatirei o pau no gato-tô...

E ele riu, faceiro por me ver outra vez, e meu coração se encheu de orgulho enternecido: meu filhinho de cinco meses e meio sentia falta de mim! Ele sentia falta de mim! Ele sente falta de mim!

Ah, os pequenos, doces, singelos, porém impagáveis prazeres da paternidade...

# A agulha

O Bernardo não tinha meia hora de vida quando tomou a primeira vacina. A enfermeira veio com uma injeção armada com uma agulha de uns vinte centímetros de comprimento, pegou a perninha dele, e olhei para ela. Não podia crer que ela pretendia espetá-lo com aquela lança. Sorri e cheguei a balbuciar:
– Isso aí não vai ser enfiado no nenezinho, não é? Ele é muito pequeno e...
Ela nem sequer me ouviu. Insensível como Ilse Koch, a Cadela de Buchenwald, a enfermeira quase que atravessou a pequena coxa dele com a agulha. O guri começou a berrar e a espernear, gritava muito, muito, e não adiantava tentar consolá-lo, fazer tiuquetiuque, dizer ó, nada.
As enfermeiras continuaram fazendo o trabalho delas sem dar muita importância para o berreiro do nenê. Já estão acostumadas, claro. Mas eu fiquei completamente chocado, consternado, escandalizado. Só me senti um pouco melhor depois de uns quarenta minutos, no momento em que ele finalmente parou de chorar. Justamente aí, a enfermeira apareceu com a injeção novamente, tomou a outra perninha e eu:
– Não... não...
Sim.
Sem dó nem hesitação, ela o perfurou mais uma vez e a perninha dele sangrou e ele urrou de dor.

Eu olhava para ela cheio de ódio. Queria espancá-la, queria processá-la, mas me contive, imaginando que os profissionais da medicina devem saber o que fazem. Achei que o pior já havia passado. Ledo Ivo engano. O Bernardo não pára de tomar vacinas. A todo instante eles o espetam, pingam-lhe gotas na boquinha, espetam-no de novo e de novo e de novo. Ele tem um caderno em que estão escritas todas as vacinas que precisa tomar. Um caderno enorme, umas duzentas ou trezentas páginas, por Deus! Fiquei sabendo que ele continuará sendo vacinado por toda a infância, anos afora. Vacinas, vacinas, vacinas, imunizando-o contra todos os males. E é isso que assusta: nem sabia que existia tanta doença! Há que se tomar cuidados. Trata-se de um mundo cheio de perigos, esse em que coloquei o pequeno Bernardo.

# 10. Seis meses

# Cuidado com a síndrome

Existe a Síndrome do Nenê Atirado para o Alto, descobri. Mas só descobri depois de muito atirar meu nenê para o alto. Entrei em pânico. Porque, segundo alguns cientistas, provavelmente britânicos, os nenês, quando são muito atirados para o alto, o cérebro deles se choca contra a caixa craniana e fica danificado, e os nenês, no futuro, se tornam algo como torcedores fanáticos de futebol, religiosos fundamentalistas, gente politicamente correta ou sem senso de humor.

Enfim, se tornam imbecis.

Contei isso aqui na Redação, que estava deveras assustado com a Síndrome do Nenê Atirado para o Alto, e a Cláudia Laitano, que senta dois metros ao norte da minha mesa, interveio:

– Atira! Atira o nenê para o alto! Atira que não tem problema!

Girei a minha cadeira na direção dela:

– Ahn?

– Não tem problema! – repetiu a Cláudia, dedo em riste, e percebi que o tema era caro para ela.

– Os pais se dividem em dois tipos – continuou: – os que atiram o nenê para o alto e os que não atiram. Eu sempre atirei a minha filha para o alto e olha aí: ela é muito inteligente!

Ponderei que talvez o cérebro da Pilar, a filha da Cláudia, fosse um cérebro com resistência especial às atiradas para o alto. Mas a Cláudia garantiu que não, que na verdade os nenês adoram que os atirem para o alto e os chacoalhem e os balancem bem, que eles riem muito disso tudo, acham a maior graça.

De fato, o meu nenê dá risada sempre que é chacoalhado, e eu adoro chacoalhá-lo e mordê-lo e fungar em seu pescoço até que ele gargalhe, mas... e os pesquisadores britânicos? Devo acreditar neles? Ou numa mãe experiente como a Cláudia Laitano?

Alguém aí teve um nenê com Síndrome do Nenê Atirado para o Alto? Ele se tornou fundamentalista depois de adulto? Perdeu o senso de humor? Virou politicamente correto? Cristo, as dúvidas que torturam um pai!

# A cara do pai

Aprendi algumas coisas, em seis meses de pai. Em primeiro lugar, descobri que nenês são, definitivamente, criaturas úmidas. Estão sempre babando e, quando não estão babando, estão vomitando. Bem, claro, às vezes eles não estão babando nem vomitando, mas aí estarão urinando. O meu, já o vi babar, vomitar e urinar, tudo ao mesmo tempo. Múltiplas funções.

Também aprendi que os paninhos são muito importantes. O Bernardo tem um paninho de dormir. Só dorme se está abraçado naquele paninho e, se não tiver paninho, não dorme. Todas as vezes que falei do paninho para outros pais e mães, eles me disseram que os filhos deles também têm paninhos de estimação e não os largam por nada. Logo, os nenês, por algum motivo, adoram paninhos.

Finalmente, aprendi sobre as mães. Sobre o quanto elas são generosas. É que o filho, qualquer filho, nem bem nasceu, está todo enrugado, todo torto do parto, e a mãe, qualquer mãe, diz: – É a cara do pai...

Depois, o nenê cresce um pouco, fica redondinho, a maior cara de nenê, sem nenhuma semelhança com adultos, e a mãe continua:

– A cara do pai...

Por que isso? É atávico. Vem do tempo em que a legítima paternidade era o maior drama masculino, depois da impotência. A mãe, ela tem certeza de que o filho é dela:

o bichinho saiu DE DENTRO dela. O pai, que certeza poderia ter, num tempo em que não existia exame de DNA? Só a parecença. Assim, até hoje as mães continuam sublinhando a semelhança entre seus filhos e os pais, para que o homem, afinal, tenha alguma participação naquilo tudo, mesmo que o filho não seja em nada parecido com o pai. Elas, docemente, iludem os pais, vários pais. Menos eu. Porque o meu filho, garanto, o meu filho é a minha cara!

# A mãozinha dele

Sorte. Testemunhei o exato instante em que o Bernardo descobriu que tinha mão. Faz alguns meses, isso. Foi numa manhã fria e chuvosa. Estava sentado no carrinho enquanto eu tomava café e lia a coluna do Faraco. De repente, ele esticou o braço, fez a mão flutuar diante dos olhos e ficou olhando. Virava a mão para um lado e para outro, analisava a palma, as costas da mão, mexia os pequenos dedos gordinhos, estava encantado.

Larguei o jornal e falei, bem pronunciado:
– Mão! Mmmmão! Mão!
Ele olhou para mim, mas não me deu muita bola. Voltou a olhar para a mão. Depois daquele dia, volta e meia o flagrava examinando a mãozinha.
Eu:
– Mão! Mmmmão!
Ele nem aí.

Agora aquela mão redondinha está esperta, quer pegar tudo e, quando alguém lhe tira o que está segurando, a boca é que protesta com aguda veemência. Até achei que, como o Bernardo está tão desenvolvido, já fica sentadinho, já cata o bico no berço e o coloca entre os lábios, já segura a mamadeira, já grita bastante, grita, grita, grita, até achei que ele não teria mais nada a descobrir a respeito do próprio corpo.

Errado.

Semana passada, o Bernardo deparou com algo que, realmente, está meio escondido, é difícil de achar. A orelha. Por algum motivo, ele levou a mão até o lóbulo da orelhinha direita e ficou apertando-a. Depois do que, vez em quando, olho para ele e vejo-o beliscando o lóbulo da orelha, muito reflexivo. Nunca tinha visto um nenê alisar a própria orelha, vai ver o meu é superdotado!

Tem outra coisa que ele faz com o próprio corpo que é muito interessante: ergue a perninha, leva o pé até a boca e começa a chupar o dedão. É uma pose engraçada.

Bem. Dia desses, um dos tios do Bernardo, o Guilherme, foi visitá-lo, e o Bernardo fez exatamente isto: enfiou o dedão do pé na própria boca. O Guilherme, desportista entusiasmado que é, abriu bem os olhos e exclamou, cheio de admiração:

– Que alongado!

Não sou só eu que acho o Bernardo superdotado!

# Com quantos brinquedos se faz um nenê?

Um nenê de seis meses e meio é assim: você o acomoda no carrinho, ou no bercinho, ou na cadeirinha, ou em qualquerzinho lugarzinho, e lhe dá um brinquedo para que se distraia. Tem que dar o brinquedo, caso contrário ele reclama. A reclamação, naturalmente, é o choro ou um ruído semelhante ao choro, um gemido lamentoso que é igualmente alarmante para quem está cuidando dele. Mas se houver um brinquedo por perto não haverá problema, ele ficará quietinho, olhando para o brinquedo, batendo com sua pequena mão gorducha no brinquedo, levando o brinquedo à boca, mastigando o brinquedo com as gengivas, babando no brinquedo.

O brinquedo é importante, pois. O brinquedo é fundamental.

O problema é que o Bernardo logo se cansa dos brinquedos. Fica distraído um pouquinho e, em seguida, logo pede outro. Cronometrei o tempo que ele leva para se enfarar de um: exatamente dois minutos e trinta segundos. Esse cálculo me deixou preocupadíssimo. Porque, se são dois minutos e trinta segundos por brinquedo, preciso ter à mão quatro brinquedos a cada dez minutos. Ou seja: 24 brinquedos por hora. Subtraindo o tempo durante o qual ele dorme e mama e troca de roupa, sobram, mais ou menos, quinze horas. São 360 brinquedos por dia. Dez mil e oitocentos brinquedos por mês! Se cada brinquedo custar, em média, R$ 30, terei de despender R$ 324 mil em brinquedos a cada período de trinta dias! Tudo isso para não deixar o nenê aborrecido!!!

Na boa, esse guri vai ter que voltar a brincar com aquele paninho.

# Joe Cocker não

Essas musiquinhas infantis funcionam mesmo – o Bernardo as adora. Tentei botar um Joe Cocker para ele, não adiantou. Ele só gosta das musiquinhas.

Sua preferida é "Atirei o Pau no Gato", o que me preocupa um pouco. Se ele continuar gostando da "Atirei" até a idade de entender a letra, pode se transformar num exterminador de animais. Exterminador, sim, porque o protagonista da "Atirei" tentou matar o gato. Afinal, acertou-lhe uma paulada com tamanha violência que o fato de o bichano ter sobrevivido o surpreendeu e, não duvido, até o entristeceu. "Mas o gatotô não morreureureu", lamentou o celerado. Outra prova: o berro do gato foi tão alto que deixou admirada dona Chicacá, decerto uma vizinha desse agressor de animais.

A "O Cravo Brigou com a Rosa" também versa sobre violência, desta feita no mundo vegetal. Uma trama inquietante: o Cravo e a Rosa estavam sob uma sacada, imagino que ao abrigo do sol, quando tiveram uma altercação e partiram para as vias de fato. Seria de se supor que o Cravo levaria vantagem, por ser uma flor masculina: ele é "O" Cravo, não "A" Cravo. Mas não. Embora a Rosa tenha saído despedaçada, quem se feriu com gravidade foi o Cravo, que restou doente depois da briga e caiu de cama. Como a Rosa se deu melhor? Calculo que foi por causa dos espinhos...

Mesmo assim, ela manteve sua delicadeza de flor, arrependeu-se e foi visitar o Cravo, o que é uma boa mensagem para o Bernardo – a gente tem que ter autocrítica. Só que a Rosa usou de tamanha violência durante a contenda que o Cravo, ao vê-la, pensou que seria agredido novamente com aqueles malditos espinhos e, coitado, desmaiou. A Rosa, percebendo que fora longe demais na peleja, chorou de remorsos. Nova lição educativa para o Bernardo: a violência sempre se volta para o agressor. Aí está: uma música instrutiva. Porém, no final tudo degringola. A música presta um desserviço ao informar que caranguejo peixe é. Não é. É crustáceo. Francamente, ensinar errado às criancinhas!

Por fim, tem a "Marcha Soldado Cabeça de Papel". Uma musiquinha que fala sobre a disciplina militar: quem não marchar direito será preso no quartel. Verdade que a punição é dura demais. Cadeia só por errar o passo durante a marcha parece-me uma demasia. Mas no verso seguinte, ao contrário da "O Cravo", a composição se recupera. O quartel pega fogo, alguém avisa a todos por meio de um sinal, o maior alvoroço. E ninguém se interessa em salvar o patrimônio físico do quartel, apenas a bandeira brasileira. Bonito. Patriótico. Essa letra o Bernardo pode aprender.

# 11. Sete meses

# O cocozão

A Marcinha trocava a fralda do Bernardo quando gritou:
– WOLFREMBAER!
Ué? Fui ver o que era. Rapazzz, que cocozão! Era um cocô assim... como direi para não chocá-los? Bem, talvez não deva descrevê-lo, muitos leitores são suscetíveis a ler qualquer texto que se refira a excrescências. Eles reclamam:
– Escatológico...
A fim de preservá-los, direi apenas que era uma obra digna de registro.
Fotografei-o.
Depois, fiquei pensando a respeito. O que pode significar um cocô com tamanha magnificência?
Talvez represente, de alguma forma, tudo o que fazemos no planeta, a nossa atividade histórica, a nossa luta pela sobrevivência e pelo conforto. Refiro-me a nós, seres humanos. Passamos a vida tentando produzir energia e, após usá-la, temos de lidar com seus rejeitos. Um drama. Assim como convivemos com o progresso constante, convivemos com o lixo, os maus odores, a poluição...
Ou quem sabe o cocô é uma alegoria da própria vida. Algo bíblico: viemos do barro e para o barro voltaremos. Do pó ao pó!

Há ainda a possibilidade de ser aquilo que o Alexandre Bach, do *Diário Gaúcho*, já me falou e que escrevi lá atrás: o cocô representa a impureza da qual eu, como pai, devo livrar o meu pequeno filho, trocando fraldas e mais fraldas e mais fraldas e ainda mais fraldas e, principalmente, mais fraldas.

Confesso que essa terceira alternativa logo descartei. Prefiro livrar o meu filho das impurezas morais.

Seja como for, tenho pensado muito naquele cocô. Tenho procurado um significado para aquele cocô. Porque, de certos cocôs, não há dúvida, só a filosofia pode nos salvar.

# Fofolino

Todo mundo gosta de pegar na barriga do nenê. Eu mesmo, confesso, quando ele está só de fraldinha, vou lá, afundo o nariz no umbigo dele e faço:
– BGLBGLBGLBGLBGLBGLBGL...
Ele:
– Uéééééééé!
Mas não é uma reclamação, não. É um tipo de gargalhada que ele dá.
Agora, quem mais gosta da barrigona dele são as mulheres. Tem uma foto do nenê peladinho que, quando a mostro, as mulheres, todas as mulheres, saem-se sempre com a mesma reação. Elas primeiro apitam (você já sabe: mulheres apitam):
– Uóóóóó, que amuoooooor...
Depois falam da barriga dele:
– Que barriguinha linda!
– Que dobrinhas!
– Que gordinho!
Quer dizer: elas querem apertar a barriga dele, querem mordê-la como a mordo, querem se perder nas dobras do nenê.
Com o que, pergunto: em que momento isso muda? Quando é que as mulheres deixam de gostar das barrigas fofuchas e passam a exigir barrigas de tanquinho? Não é uma contradição? Pior: não é uma maldade? Nós homens

crescemos ouvindo falar que nossas barrigas gordolinas são um amuooor e, de uma hora para outra, tudo se torna diferente.

– Ai, que barrigão – dizem elas. – Que nojo. Que relaxado.

Aí o homem é obrigado a fazer abdominais, é obrigado a abolir os carboidratos, é obrigado até, que horror, a diminuir a quantidade de cerveja ingerida.

Mas será que elas não percebem que todo homem é um ex-bebê? Que nós fomos criados valorizando a circunferência da barriga? Que nós temos sentimentos também???

O amor às dobras, onde é que ficou? E a fofura de que tanto falavam?

Uma traição, isso sim. A primeira das tantas desilusões que um homem terá com as mulheres.

# Pai do Sant'Ana

Um nenê precisa de muita atenção. O meu, em qualquer lugar que esteja, alguém tem que estar junto. Mais do que junto: a pessoa deve estar olhando para ele. Senão ele reclama. Não chega a chorar, mas emite um poderoso gemido de protesto que obriga a gente a atendê-lo imediatamente, pouco ligando para o telefone, a campainha ou o incêndio.

Fico pensando: por que essa necessidade? Por que ele quer alguém por perto? Não é para trocar uma idéia, dar uma conversada. Ele não conversa. Tenho me esforçado para ensiná-lo a dizer papai, até acho que ele disse "babá" dia desses, mas duvido que saiba o que significa. No máximo, fala abu:

– Abu, abu, abu...

O que será abu em língua de nenê?

Verdade que não posso me queixar. Sei de nenês que só dormem na cama dos pais, convertendo-se em eficiente anticoncepcional. A China deveria empregar esse método. Mas o Bernardo, não. O Bernardo fica no quarto dele, sem problemas. Só que logo depois de adormecer ele dá uma miada. Vou correndo ao quarto dele, ele abre os olhos, me vê, fecha-os e dorme de novo, para só acordar de manhã cedo. Por que deu a choradinha? Para conferir se tem alguém nas imediações, obviamente.

Meu nenê está sempre reivindicando atenção.

Será que vai ser assim quando crescer? Algumas pessoas que conheço têm essa característica. O Paulo Sant'Ana é um. O Sant'Ana detesta quando não é o centro das atenções. Dia desses, fomos ao bar do Atílio, o Jazz Café, e um outro amigo nosso, o Nestor Hein, sentou-se bem em frente ao Sant'Ana. Acontece que o Nestor estava rouco, naquela noite. Muito rouco, não conseguiria nem dizer abu. O Sant'Ana protestou:
– Como é que senta um mudo na minha frente!!!
Argumentei:
– Mas, Sant'Ana, esse é o interlocutor perfeito pra ti: ele só vai te ouvir!
O Sant'Ana balançou a cabeça:
– Quero que meu interlocutor não fale porque não quer, não porque não possa!
O Sant'Ana devia ser como o Bernardo, quando pequeno. O que me preocupa. Gosto muito do Sant'Ana, mas não queria que ele fosse meu filho!

# A volúpia do sangue

Domingo passado, pouco antes do meio-dia, olhei para a Marcinha e falei:
— Sabe o que vou fazer? O que vou fazer neste exato instante?
Ela levantou uma sobrancelha de dúvida. Não, ela não sabia.
— Pois lhe direi, garota – prossegui. – Vou pegar aquele telefone ali e ligar para a Santo Antônio agora mesmo e vou pedir um entrecôte de quatro dedos de altura. Exigirei o maior entrecôte da cidade aqui, nesta casa, em menos de uma hora. Sim, é isso que farei.
— Com quatro dedos de altura? – disse ela, e reparei vogais de incredulidade em sua voz. Ao que sublinhei:
— Não aceitarei um entrecôte com menos de quatro dedos de altura, garota.
Ela fez um muxoxo. Algumas mulheres fazem muxoxo.
Liguei para a churrascaria. Nem bem cinqüenta minutos transcorreram e chegou aquele entrecôte com quatro dedos de altura, nadando em molho sangrento, um entrecôte tão grande que desbordava do prato e teve de ser instalado em uma saladeira.
— Que tal, garota? – perguntei para a Marcinha. E ela:
— Oié!
— Agora observe, beibe.

Tomei de uma faquinha uruguaia de churrasco que ganhei de aniversário, fiz uma incisão profunda na carne e retirei um naco do tamanho de um telefone celular dos grandes, com uma nesga de gordura na ponta. Em seguida, ofereci-o ao Bernardo:
– Toma, guri.
Era a primeira vez que ele tinha nas mãos uma carne de churrasco. Já sugou bifes, lógico, mas bifes sem tempero, sem gordura, sem graça, sem alma. Agora, não. Agora, o Bernardo fazia seu ingresso no mundo adulto da gastronomia.
Tratou-se de algo único para ele, bem sei. Começou a chupar o sumo daquele bifão e fazer uh, uh:
– Uh, uh, uh!
O caldo do bife escorria-lhe alegremente pelo pequeno queixo e pelo babeiro onde está escrito "eu amo mamãe". Seus dois únicos dentinhos roçavam na carne, tentando dilacerá-la. Em vão: ali estava um entrecôte de quatro dedos de altura. Quando a Marcinha retirou-lhe o naco das mãos para virar para a parte ainda não abocanhada, o Bernardo protestou: gritou feito um bezerro, chorou a ponto de as lágrimas espirrarem em chafariz e só se aquietou quando o bife lhe foi devolvido.
– Que côsa! – admirou-se a Marcinha.
– É o sangue – expliquei. – A volúpia do sangue, beibe!

# Perigo rastejante

Não sei como é que um nenê consegue aprender a engatinhar sozinho. É muito difícil! Até porque ele não tem em quem se espelhar. Para caminhar, tudo bem, ele vê gente caminhando todos os dias. Engatinhar, ninguém engatinha por aí. Mas, por alguma razão misteriosa, ele aprendeu. Não que não tenha sido um processo lento. Primeiro, o Bernardo teve que fortalecer os músculos dos braços e das pernas para pôr-se de quatro. Demorou algum tempo, volta e meia o via fazendo apoio sobre o solo. A cabeça pesava, ele caía, erguia-se, caía de novo. Vencida essa etapa, começou a engatinhar. Só que para trás! Mirava um objetivo, digamos que a bonequinha tcheca. Estendia a mãozinha. E engatinhava para pegá-la. Mas, em vez de avançar, recuava. E recuava. E recuava. E ficava cada vez mais distante da bonequinha. Lá longe, olhando aflito para a boneca, gemia de frustração e protestava:
— Aaaabuuu!
Até que uma manhã, sem qualquer instrução, curso preparatório ou apostila, ele passou a engatinhar para frente. Como atinou em empreender o movimento correto, isso é algo que lhe perguntarei assim que começar a falar. O fato é que agora o Bernardo movimenta-se com grande destreza pela casa. Está aqui, você olha para o lado, se distrai e, quando vai procurá-lo, já está lá adiante.

Fiquei contente com a evolução. Mas também preocupado. Por ter feito uma constatação: os nenês sentem uma poderosa atração por tomadas elétricas. O Bernardo não pode ver uma tomada sem engatinhar para lá a fim de meter os dedinhos nos buracos. O jeito foi cobrir todas as tomadas, mas quem diz que ele desiste? Fica lá, puxando os fios, forçando, fazendo de tudo para levar um chocão.

Se todas as tomadas estão bem guarnecidas e vigiadas, posso ficar tranqüilo?

A resposta é não.

Porque o Bernardo, neste caso, vai engatinhar atrás de jornais, livros, revistas, quaisquer impressos que estejam ao seu alcance a fim de desmembrá-los, amassá-los, trucidá-los. Talvez até ele goste mais de um jornal ou de uma revista do que de uma tomadinha. Bom, pelo menos está mexendo com a cultura.

# Sou um viciado

Estava observando o Bernardo chupar bico. Com que deleite ele faz aquilo. Passa o dia chupando bico e inclusive à noite, quando está dormindo, chupa bico. Se o bico lhe cai dos lábios logo que adormece, ele acorda e chora. É preciso ir até o berço e repor-lhe o bico na boca, aí, sim, ele dorme tranqüilo.

Fiquei pensando que deve ser algo muito bom, chupar um bico. Minha mãe conta que eu usava três ao mesmo tempo: um, naturalmente, para a boca, outro para esfregar no olho e um terceiro para ficar beliscando-o entre os dedos.

Lembro de uma gaveta que a mãe me deu:

– Ó: essa gaveta é tua. Coloca nela o que quiseres.

A idéia era me dar alguma responsabilidade e talicoisa. Enchi a gaveta de bicos. Possuía dezenas deles, de todas as cores e texturas. Quiçá centenas! Os bicos eram a minha alegria.

Quando já tinha mais de três anos de idade, a mãe resolveu que eu devia parar de chupar bico. Para não prejudicar a fala, não entortar os dentes, aquela coisa. Muito a contragosto, mas confiante na sabedoria materna, concordei em largá-los, eu que tanto os amava. Mas, uma tarde, minha mãe viu um volume atrás da cortina, abriu-a e lá estava o degas aqui, com seus três bicos, em estado de êxtase. A mãe:

– Ué?

Eu:

– Ih, me enganei...

Quer dizer: eu era um viciado, um dependente do bico.

Agora, vendo o Bernardo com seu bico, aquela velha sensação voltou. Olhei para o bico do Bernardo e me deu um troço. Queria... queria... queria chupar bico! Hesito em confessar tamanha fraqueza, mas era o que queria. Sim. Queria. Sim.

Contive-me, mas, admito, enfrentei certa síndrome de abstinência. Enfrento-a, ainda. Será que existe alguma Associação de Chupadores de Bico Anônimos?

# 12. Oito meses

# Uma vitória do desembargador

O Bernardo aprendeu a sentar sozinho. Você aí, que já sabe sentar faz tempo, dirá:
— Mas isso é fácil!
Como tudo na vida, é fácil para quem sabe. Como sempre na vida, o aprendizado foi uma dor. Aprender qualquer coisa, em qualquer momento da existência, é, enquanto não se aprende, uma violência, depois que se aprende, um triunfo da humanidade.
Com o Bernardo não havia de ser diferente. Durante meses ele forcejava no berço, impulsionava-se com os ombros, tentava se apoiar nos bracinhos. Em vão.
Até que conseguiu.
Uma linda manhã, o Bernardo estava deitadinho, esperando a mamadeira, e deu-lhe um troço. Ele parecia decidido, naquele dia. Sim, senhor. Franziu o cenho. Rugas de expressão surgiram em sua testa. Em seguida, lançou o peito para frente com vigor e gingou e fincou os cotovelos no colchão e usou as mãos como alavanca e... pôs-se sentado! Olhei para ele, surpreso, e ele me olhou, orgulhoso. Sim, ele sorria de orgulho, o futuro desembargador. Festejou:
— Abu!
E eu:
— Meu garoto!
Uma vitória, sem dúvida. Só que, desde então, tem acontecido assim: na hora de ele ir dormir, coloco-o no

berço, ponho o bico entre suas gengivas rosadas, cubro-o bem direitinho e ele, TUM!, senta-se. Suspiro. Deito-o de novo, faço um carinho em suas bochechas gordinhas, puxo o cobertor até seus ombros mais uma vez e, mais uma vez, ele, TUM!, senta-se. E novamente empurro-o docemente para trás, até que se deite, e puxo as cobertas e lhe acaricio a face e ele, TUM!, senta-se de novo. E de novo e de novo e de novo e de novo e denovodenovodenovodenovo, automaticamente, como um boneco de mola, pelo menos doze vezes!

    Saco.

    Já estou com medo de quando ele aprender a caminhar.

# Os perigos da infância

Existe uma técnica para a reunião dançante. Lógico, tem que ser na lenta. Contato físico, manja? O calor dos corpos. Eu fazia o seguinte: esperava o velho Macca começar:
*And when I go away*
*I know my heart can stay with my love...*
Aí eu ia. Ia pisando firme e olhando nos olhos dela. Ela já sabia. Eu quase podia ouvir seu coraçãozinho palpitando sob o sutiã. Então eu sorria de um jeito de lado que tenho de sorrir. E puxava-a delicadamente, como se estivesse arrancando uma pétala do botão.

Neste ponto é que entra a técnica. Que consiste em exercer com as pontas dos dedos uma pressão suave nas costas dela. Suave e contínua, massageando-lhe os flancos, escalando a cervical até as omoplatas e roçando, de leve, sua face esquerda na face direita dela. Algo acontecerá, creia, e, se tudo der certo, a pequena mão dela voará como uma borboleta branca até a sua nuca e os delgados dedinhos dela vão lhe fazer carícias breves debaixo do cabelo, e aí você já sabe: gol do Brasil. Mão na nuca é gol do Brasil, cara!

Por isso que a gente estava sempre organizando reunião dançante no salão de festas da Coorigha, na fronteira oeste do IAPI. O brabo era arranjar toca-discos. Ninguém tinha. Minha irmã, Sílvia, uma vez ganhou uma eletrola portátil, laranja, de plástico, mas quem diz que ela emprestava? Maior trabalho convencê-la. Um dia, depois de muito chalalá, conseguimos arrancar as duas de casa, ela e a eletrola. Fomos para o salão, as gurias levaram negrinho e branquinho, os guris, umas pepsizonas de um litro. Agulha no disco, tudo tri, eu pronto para empregar minha técnica, quando aqueles caras chegaram. Uns sujeitos maiores do que nós, mais velhos, que viviam vadiando pela zona, fazendo laúza. Chegaram gingando, mascando chiclé, fumando. Chegaram provocando as minas e olhando torto para nós, comendo branquinho, tomando Pepsi, e nós paramos. Ficamos encostados na parede, ombros com ombros, indecisos, sem saber como reagir. Os caras eram mais fortes e mais numerosos, iam nos dar um pau se fôssemos para cima deles, iam transformar nossas belas caras em xis-bacon. Mas tínhamos de fazer algo, nossas gurias estavam lá, acuadas, nervosas, e os carinhas estavam acabando com nossa reunião dançante. E agora? Nós vacilando e eles já em volta das minas, já assediando, já debochando, até que um deles tocou na eletrolinha laranja. Minha irmã saltou por detrás de uma coluna:

— Tira a mão daí, seu bagaceira!

E, pequeninha, loirinha, magrinha, foi para cima do grandalhão, dedo em riste, xingando sempre, imprecando e mandando:

— Fora daqui! Todos vocês! Vocês não foram convidados!

E foi empurrando-os todos e tangendo-os como se tange o gado, e enxotou os caras, que se retiraram entre risonhos e surpresos, e foram embora, e nos deixaram em paz. Quando já estavam lá adiante, fora do alcance auditivo, gritei:

— E não ousem voltar, vermes!

Hoje, tantos anos depois, lendo sobre quadrilhas que se infiltram no Orkut para seduzir crianças, temo pelo futuro do meu filhinho Bernardo, ele que recém entra em seus nove meses de idade, e penso como eram saudáveis os perigos da infância naquelas priscas eras de reuniões dançantes e eletrolas portáteis e irmãs enfezadas e discos do velho e bom Macca.

# 13. Nove meses

# A primeira palavra

Meu filhinho Bernardo ainda não completou dez meses. Não fala nada, nem papai, nem mamãe. Só abu:
– Abu. Abu.
Mas fiz questão de ensinar-lhe o significado de uma palavra. A primeira peça do vocabulário do meu filhinho é: Não.
Quando ele tenta pegar algo que não deve, olho no fundo de seus olhinhos pretos e digo:
– Bernardo: não.
E tiro o objeto da sua frente.
Na primeira vez, ele ficou magoado. Verteu lágrimas de empapar o carpete. Na segunda, chorou de novo, só que menos. Na terceira foi só um lamento ressentido, acompanhado de um comentário mais ressentido ainda:
– Abu.
Agora ele só faz um muxoxo, que nenês também fazem muxoxo.
Sei o que ele pretendia com seus primeiros protestos: pretendia me testar. Descobrir a localização precisa dos seus limites. Todos fazem assim: nenês com nove meses e meio, velhos lobos da imprensa, namoradas de minissaia, amigos de infância. E nós também, eu e você. E os grandes grupos que formam a comunidade, da mesma forma.
No Brasil, o governo militar confinou a sociedade civil em limites claustrofóbicos durante vinte anos. Com a

volta da democracia, as fronteiras se estenderam até onde a vista não alcança. E aí está fincado o problema: quando as pessoas não enxergam os limites, não sabem quando parar. É natural que, depois de tanto tempo de repressão, ao finalmente experimentar a sensação de liberdade, os movimentos sociais cometam excessos, e os cometem – há quem invada prédios públicos e privados, há quem bloqueie estradas, quem deprede e destrua, há até quem roube. Usam de violência, enfim, e a violência é sempre ruim.

    Os movimentos sociais precisam se manifestar, caso contrário se extinguem. Mas também têm de ater-se aos seus limites. No caso, o limite é a lei. Todos têm de se movimentar dentro das fronteiras da lei. É assim que é. Todos têm que, de vez em quando, ouvir aquela palavrinha que até um nenê é capaz de compreender: não.

# 14. Dez meses

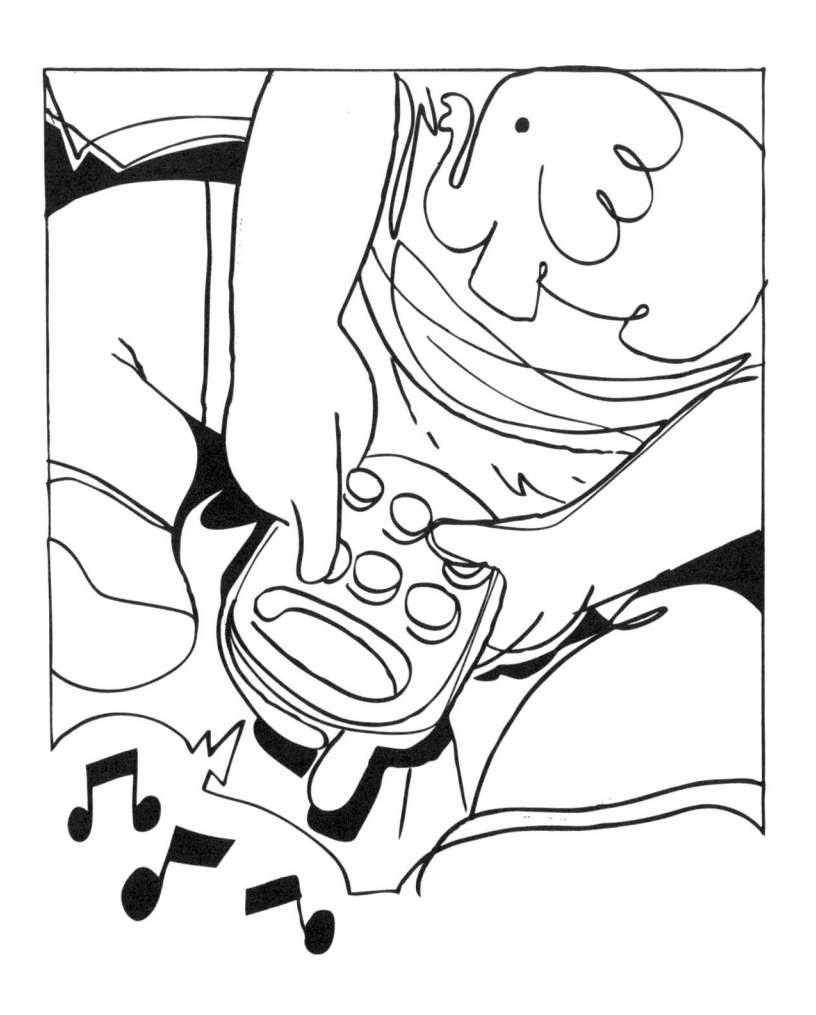

# Dez coisas na frente do nenê

Um nenê de dez meses de idade é assim: você o coloca sentadinho em frente a um balcão e, nesse balcão, espalha:

1. O mordedor de plástico que fica cheio de água gelada e que ele adora morder com seus dois únicos dentinhos que lhe cresceram na parte de baixo da boca e que fazem com que ele fique babando o tempo todo.

2. Bolacha maria, a sua bolacha preferida e que não engasga.

3. A revista *Superinteressante* do pai, no caso o degas aqui, revista essa que é só o nenê pôr os olhos nela para agarrá-la e rasgar suas páginas e dilacerá-las e empapá-las de baba e amassá-la toda.

4. Uma mamadeira bem cheia de leite quentinho e delicioso e apetitoso.

5. O telefone celular de brinquedo que, quando o nenê aperta suas teclas, toca uma musiquinha que parece a do lacre azul do cachorrinho dos caminhões de gás, e o nenê vive apertando aquelas teclas, e aperta, e aperta sem parar, irritando seu torturado pai.

6. Um prato de feijão com massa ou de cáqui esmagado ou banana sem semente amassadinha com mamão, iguarias pelas quais ele suspira logo que as avista.

7. A bola de borracha que ele vive atirando nas coisas, fazendo supor que, no futuro, será um jogador profissional de nilcon.

8. O cachorrinho de pelúcia movido a pilha que anda e late e do qual o nenê tinha certo medo no início, mas no qual agora ele aprecia dar porrada, como se fosse para mostrar quem manda.

9. O paninho.

10. Uma faca.

     Coloque tudo isso diante do nenê. O que ele vai pegar? Hm?
     A resposta é:
     A faca.
     Sempre a faca.
     Por que os nenês são assim???

# Bolacha maria

Meu filhinho adora bolacha maria. Mas tem que ser um determinado tipo de bolacha maria, mais crocante, mais docinha e com a qual ele não engasga. Sei porque o Bernardo gosta daquela bolacha específica. Eu também gostava. Lembro da minha infância, na casa da vó. Durante o café da tarde, ela colocava uma grande caneca de louça na minha frente, cheia de café com leite. Sobre a mesa repousava também um pote de vidro do tamanho de uma leiteira, onde estavam acondicionadas as deliciosas bolachas maria. Eu pegava um punhado de bolachas e as partia, uma a uma, e colocava os pedaços no café com leite. Depois, oooh, comia as bolachas com colher. Elas estavam molinhas e quentes, boas demais.

Nunca mais fiz isso, talvez porque as mulheres reprovem com veemência quem come bolacha molhada no café com leite. Mas, uma manhã dessas, vendo o meu filhinho mastigar bolachas maria com tanto deleite, resolvi provar de novo aquela iguaria da infância. Levantei da mesa e procurei o vidro onde estavam as bolachas. Encontrei-o, mas, no fundo do pote, havia apenas uma e tão-somente uma bolacha.

– Só uminha... – lamentei.

– É que essa bolacha, exatamente essa que ele gosta, é muito difícil de encontrar – explicou-me a Marcinha. – Não existe mais em supermercado algum.

Que fazer? Colhi aquela bolacha solitária do fundo do pote de vidro e levei-a para a mesa, pronto para parti-la e mergulhá-la no café com leite. Mas aí o Bernardo, lá do carrinho dele, me viu com o acepipe na mão e estendeu sua mão gordinha para a bolacha e disse, enfático:
– Abu!
Entendi o que ele queria. Suspirei. Caminhei até ele. Estendi-lhe a bolacha. Tomei meu café com pão vulgar. Mas, naquela mesma noite, localizei um velho armazém de subúrbio em que havia bolachas maria, aquelas bolachas maria, as ideais, as sequinhas, as docinhas, as que eu e meu filhinho amamos. Localizei o armazém de secos e molhados que as vendia, entrei e falei para a atendente:
– Sabe aquelas bolachas maria?
– Que é que tem? – quis saber ela, olhando para a prateleira.
– Quero todas.
– Todas?
– Todas.
Comprei-as. Saí do armazém escondido atrás da montanha de pacotes. Agora está garantido. Eu e o Bernardo teremos bolacha maria até o fim do ano. Do próximo ano.

# Coisas que o Bernardo sabe fazer

A cada dia meu filhinho aprende algo novo. Antes ele engatinhava para trás, que nem o Michael Jackson. Agora, não. Agora ele engatinha para frente, sempre à frente, a 150 por hora. Seria multado por todos os pardais da cidade, se o deixasse sair por aí.

Outra: ele aprendeu a jogar as coisas no chão. Pega, digamos, o controle remoto, que ele adora controle remoto, e atira no tapete. Vou lá, junto e dou para ele. Ele joga de novo. Junto e dou para ele. Ele atira no chão outra vez. Olho nos olhos dele. Ele olha nos meus.

– Está de sacanagem? – pergunto.

Ele estende a mãozinha gorda e responde:

– Abu.

Tudo bem, rapaz. Dou o controle remoto para ele mais uma vez. E mais uma vez ele o atira ao chão.

Saco.

Aliás, isso do abu: ele já aprendeu a falar outras palavras, tipo:

– Dé!
– Dá!
– Mã!
– Pá!
– Gá!

Repete-as a todo momento:

– Dedededededededê!

Quer dizer: para falar português inteligível, só falta acolherar as letras. É isso que tento explicar para ele. Tomo-o no colo e começo a falar:

– Bernardo, meu rapaz, ouça o que lhe digo: você sabe falar dé, dá, pá, mã, além de abu. Bom. Então, basta juntar as sílabas. Olhe bem para o seu papai aqui – e bato no peito com o indicador. – Eu sou o papai. Diga: papá, papá, papá.

Ele me olha bem sério com suas bolitas negras. Repito, devagar:

– Pá... pá... pá... pá... Entendeu?

E ele me envia um olhar inteligente e compreendo que ele, sim!, entendeu, e o incentivo:

– Diz! Diz: papá!

E ele abre a boquinha e, sem tirar os olhos dos meus, fala:

– Abu.

É um rebelde, esse meu filho.

# O pai do Bernardo

Descobri algo espetacular. Na verdade, não descobri: contaram-me. Foi Soraia quem contou. Não a conhecia, mas, no fim da tarde de quinta-feira passada, ela ligou, apresentando-se: era Soraia, jornalista como eu, descendente de árabes. Foi nessa condição, a de descendente de árabes, que Soraia me brindou com a revelação:
– Teu filho já te chama de pai.
Estranhei:
– An?
– Ele não fala abu o tempo todo? – perguntou.
Confirmei. Ele vive falando abu. Olha para mim e diz abu.
– Pois é – disse Soraia. – Abu, em árabe, é pai.
Fiquei encantado. Seria mesmo? Fui pesquisar. E não é que é? Abu é pai, assim como ibn é filho. Se eu fosse árabe, seria chamado de Abu Bernardo: Pai do Bernardo. Não é legal???
Gostei tanto da idéia que resolvi incentivar o Bernardo a me chamar de abu. Ele nunca me chama de papá, de abu me chamará. Cheguei em casa e ele estava engatinhando alegremente pelo carpete. Agachei-me para ficar ao nível dele, porque li em algum lugar que as crianças gostam disso, de a gente ficar ao nível delas. Então fui lá embaixo e olhei nos olhinhos pretos e redondos dele. Ele me

encarou, apoiado nas mãos e nos joelhos. Aí bati no peito e disse:
— Abu! Abu!
Ele levantou uma sobrancelha — meu filho já sabe levantar uma sobrancelha. Sentou-se com as perninhas estendidas no chão e as costas eretas. Mudou de posição para prestar mais atenção, concluí. E repeti, apontando para mim mesmo com o meu próprio indicador:
— Abu! Abu! Abu! Eu: Abu! O Abu Bernardo! Compreende? Abu! Abu!
Ele voltou a ficar de quatro e, antes de me dar as costas e sair engatinhando para longe, falou:
— Pá! Papapapapapapá!
Não digo que é um revoltado???

# 15. Onze meses

# Agora sim, a primeira palavra mesmo!

Aos onze meses de idade, poucos dias atrás, o Bernardo falou sua primeira palavra. Não me refiro ao abu que ele vive repetindo, nem aos mamamama, papapapapa, gagagaga, essas coisas. Nã. Pela primeira vez ele pronunciou uma palavra cujo significado compreende. Ou seja: é uma palavra que representa algo concreto no mundo exterior.

Durante todo esse tempo, ele foi bastante incentivado a se expressar. Travou-se uma disputa renhida pela sua primeira palavra. Não houve semana em que eu não batesse com o indicador no meu próprio peito e lhe dissesse:

– Papai! Pá... pai!

Ele só olhando.

Contra mim havia uma conspiração: babás, empregadas, avós, tias, sobrinhas, agregadas, toda uma rede feminina repetindo:

– Mamãe! Mamãe! Mã! Mãe! Mãããããã... mãããããe!

Verdade que houve outros apelos que, suponho, devem lhe ser até mais caros do que esses meramente afetivos. Questões mais práticas como:

– Xixi!

– Cocô!

E a mais importante:

– Papá! Agora o nenê vai papar! Quer papar? Papá, papá!

Mas ele nunca disse nada disso, nem papai, nem papá, nem mamãe, nem cocô, nem mesmo nenê. Não. O que aconteceu foi que ele estava na parte da frente da casa, no colo da babá Raquel, e duas ou três vizinhas passaram com seus cachorros. Ele ficou olhando para os bichos cheio de interesse, e a Raquel:
– Auau! Auau!
Mas ele não repetiu. Assimilou a informação e manteve-se em silêncio compenetrado. Mais tarde, ao chegar em casa, saiu engatinhando pelo quarto e deparou com um cachorro de pelúcia. Arregalou os olhinhos pretos, abraçou o cachorro e concluiu:
– Auau...
E repetiu, todo carinhoso com o cachorro de mentira:
– Auau...
Lamento, Marcinha, mas vou ter que arrumar um cachorro para esse guri.

# Escadas e celulares

Não sei o que é que as companhias telefônicas fizeram, deve ser alguma propaganda subliminar, sei lá, mas nenês adoram celular. Não é só o meu, vários pais já me contaram que seus pequenos filhos são alucinados por celular. Com um detalhe: o telefone tem que funcionar, não pode ser de brinquedo. O Bernardo ganhou um celular falso, mas quem diz que isso o satisfez? Nada! Ele quer celular de verdade! Tudo bem, vez em quando deixo ele brincar com o meu celular. Só que agora ele exagerou. Agora o Bernardo só aceita brincar com blackberry!

Francamente, essa nova geração é escrava da tecnologia.

\* \* \*

Tem uma escada lá em casa, ligando a sala ao segundo piso. Até pouco tempo atrás, o Bernardo seguido engatinhava até a base do primeiro degrau e ficava olhando para cima, sonhador. Algumas vezes ele ensaiava escalar aquele degrau, mas não conseguia. Ainda era muito pequeno – o Bernardo, não o degrau. Então, ele desistia e ia brincar com um telefone celular.

Semana passada, tudo mudou.

Cheguei à noite e percebi que havia um brilho diferente em seus olhos negros. Ele estava no chão, sentado, com as pernas esticadas. Fitou a escada com firmeza, pôs-se de quatro e foi. E foi e foi e foi. Mas foi! Engatinhou velozmente até o primeiro degrau e não parou. Apoiou as mãozinhas gordas na base, levantou uma perna, fez uh, uh, e, Nossa Senhora!, galgou o degrau. Corri até ele, a fim de apará-lo em caso de queda. Mas ele não caiu. Fez uh, uh, e subiu o segundo. Eu atrás. Ele não me deu bola. Foi em frente, fazendo uh, uh, e subindo outro e outro e mais outro, até chegar lá em cima!

Eu pulava, de braços para o alto, cantando o tema do Ayrton Senna, tan-tan-tan, tan-tan-tan!

Ele, na segurança do segundo piso, sentou-se novamente, as perninhas de novo estendidas, e, olhando muito sério para a minha comemoração, comentou, apenas:

– Uh!

E se foi, de gatinhas, para brincar com outro celular. Trata-se de um modesto. Sim, senhor. Um modesto.

## Quero requintes de crueldade!

Meu filhinho foi mordido por um cachorro. Um desses cachorros de madame, manja? Pequeno, pouco maior do que um gato, branco, cheio de frufrus, cachorro de apartamento. Um rato peludo, na verdade, pertencente à sub-raça dos cachorros. Mas ainda assim um bicho com dentes e garras e tudo mais. Mordeu meu filhinho no rosto. Fiquei furioso. Bem sei que as crianças se machucam e tal. Mas isso acontece quando a criança tem dois anos de idade, está na escolinha e leva um *uppercut* de um colega, ou se esborracha no chão enquanto está brincando, ou puxa o rabo de um vira-lata e o vira-lata lhe dá uma dentada. Agora, se o nenê tem onze meses de idade, se nem caminhar caminha, se está num apartamento, cercado de adultos, então esse gênero de acidentes não pode acontecer. Não pode. É proibido.

Mas aconteceu.

Logo, fiquei furioso. Ainda estou. Cada uma dessas vírgulas está sendo pendurada com ódio, de cada cedilha balança o ressentimento. Imagino como se sente um pai que tem o filho atacado por um pitbull. Porque uma criança ser atacada por um pitbull também não pode, também é proibido. Por várias razões. Uma delas é que esse pitbull não existia na natureza. Foi enxerto. Outra é que, uma vez que inventaram esse bicho e ele provou ser uma fera perigosa, deveria ser apartado do convívio com seres humanos.

Cidade não é lugar para animais selvagens, como pitbulls e torcedores de futebol que vão ao jogo para brigar. Por isso, sou pela eliminação sumária de todos os pitbulls. Pena de morte. Paredón.

    No caso dos pitbulls, reivindico uma ação da Justiça. Da legislação. Algo racional. A sociedade deveria impedir a convivência entre humanos e feras, e pronto. No caso do rato peludo que mordeu meu filhinho, não sou racional, nem posso ser, nem quero. Alimenta-me, aí, o baixo sentimento da vingança. Gostaria de eliminá-lo lentamente, com requintes de crueldade. Algo como uma tortura chinesa chamada Morte das Mil Maneiras. É muito engenhoso. O verdugo chinês fazia assim: pegava um pote de porcelana, os chineses são muito bons em porcelana, e nele colocava mil papeizinhos. Em cada papel estava escrito o nome de algum órgão do corpo humano, como olho direito, unha do dedo mínimo esquerdo ou cérebro. Só uma pequena minoria era composta por órgãos vitais, como o coração. Bem. Ante o olhar aterrado da vítima, o carrasco ia ao pote e tomava um papel aleatoriamente. Se pegasse o tal olho direito, ficaria uma hora trabalhando nele, remoendo-o com pinças, furando-o com ferros, queimando-o com brasas. O suplício podia levar dias ou semanas ou até meses, o torturado ficava torcendo para que fosse sorteado com um órgão fatal.

    Tive ganas de empregar esse sutil método oriental com aquele cachorro, ao ver meu nenê com o rosto sangrando e as marcas de uma dentada a meio centímetro do seu olhinho. Os donos do cachorro que me desculpem, eles são boas pessoas e amam o bicho como se fosse membro da família, mas não é nada pessoal – teria idênticas intenções com qualquer cachorro que atacasse meu filhinho. Neste momento, ao descrever isso, até me acalmo um pouco, o ódio se me esvai pelas pontas dos dedos. Só que, nas horas seguintes ao ataque do rato peludo, mal conseguia controlar a raiva. Tinha raiva de todo o mundo animal, dos grandes elefantes aos pequeninos protozoários, do Pluto e do Pateta, tinha raiva dos defensores dos animais, dos donos de bichos de estimação, das *pet shops*, dos veterinários, dos zoológicos, das vegetarianas, dos anões, fiquei com raiva de uma mulher que dirigia um maldito carro verde a vinte por hora, trancando todo o trânsito, e também de um sujeito que cortou a minha frente com uma caminhonete preta, amaldiçoei cada pessoa que me perguntou amigavelmente se já estou de malas prontas para viajar para a China, que vou para a China, e pensei que minha maldição poderia cair sobre todos os um bilhão e trezentos milhões de chineses e ainda sobre mais um bilhão de indianos e, quem sabe, sobre outro tanto de ianques, russos, europeus e sul-americanos, sentia ódio das serpentes rastejantes e das aves do céu, dos mamíferos, dos anfíbios, dos répteis e das alfaces, de tudo, tudo, aí aquele torcedor me ligou. Não disse alô nem nada. Foi ralhando:

– Olha aqui, ó: a cobertura de vocês está muito colorada.

E foi deitando falação sobre a quantidade de páginas que se dá ao Inter em comparação com as do Grêmio e bibibi. Tentei explicar que o Inter tinha feito contratações importantes e tal, mas ele não se convencia.

– Muito colorada! – repetia. – Como sempre: muito colorada!

Nada que eu dissesse lhe convenceria. Normalmente, eu anotaria a queixa e lhe daria algum consolo falando da próxima grande cobertura do Grêmio. Mas estava irritado, queria dar um soco em alguém. Perdi a paciência.

Porém, não toda. Não fui grosseiro, odeio grosseria. Usei da ironia.
– Sabe o que é? – falei. – É que aqui só tem colorado. Mais até: é uma condição para entrar nesta editoria. Tem que ser colorado, senão não é contratado.
Ele ficou alguns segundos em silêncio. Depois baixou o tom de voz:
– Não é isso. Não estou dizendo que vocês são colorados...
– Meu senhor – respondi, com urbanidade, sem perder a firmeza. – O senhor disse que a nossa cobertura é muito colorada. Então, ou uma coisa ou outra: ou nós somos todos colorados, e somos mal-intencionados, ou somos incompetentes, e temos que ser demitidos. Qual das duas?
– Não... não...
– Tentei argumentar com o senhor, disse que a causa desse aparente desequilíbrio é a seqüência de grandes contratações do Inter, mas o senhor não concordou com meu argumento.
– Bom, talvez seja isso mesmo...
– O senhor acha?
– Acho.
– Obrigado.
– Não tem de quê.
Despedimo-nos com cumprimentos afetuosos. Cara, às vezes, um pouco de raiva faz bem.

# O nenê faz um ano

Meu nenê vai fazer seu primeiro aniversário agora, dezoito de agosto. Estarei na China, a um oceano de distância. A data me faz pensar que há mais de um ano escrevo sobre ele – já escrevia quando seu nascimento não passava de intenção, antes mesmo da gravidez. Nesse tempo, tive de passar pelo teste do espermograma, entrar na salinha de masturbação e, bem, fazer o que se faz na salinha de masturbação. Tive de enfrentar o medo de que o tampão caísse, que tampões de grávidas caem, e acabei ouvindo a frase terrível:

– Rompeu a bolsa!

Descobri, ainda, que a música pode fazer uma grávida chorar, mas também acalma nenês de um dia de vida e os põe para dormir. Que um recém-nascido, mesmo sem falar, nem andar, nem conseguir segurar nada com suas mãozinhas, pode viver muitas aventuras, como os perigos de um arroto mal-ajambrado, a angústia de uma mamadeira tardia ou a ameaça de penetração por um traiçoeiro supositório de glicerina. Descobri, também, que o nenê passa o dia fazendo exatamente isso: descobrindo. Ele descobre as sensações, os gostos e a tonalidade das cores do mundo, ele descobre como sentar, pegar, olhar e até mamar.

O nenê vive aprendendo.

E eu com ele. Pois aprendi algumas lições. Uma delas é uma constatação perturbadora: estou apaixonado por um homem. E de uma forma como jamais estive apaixonado por mulher alguma. Nunca pensei...

Outra é que, se é verdade que o nenê depende de mim, não é menos verdade que dependo dele. Minha tranqüilidade está atada ao seu bem-estar. E já sei que será assim para sempre, o que é meio assustador – os botões que controlam o meu equilíbrio estão fora de mim, e não sou eu quem os manipula.

Agora: sentir algo tão intenso não é uma bênção, como muitos pais afirmam. É uma responsabilidade. Preciso estar à altura desse sentimento.

Pensando nisso, lembro de uma pergunta que as pessoas vivem me fazendo, desde o último 18 de agosto:

– Um filho muda tudo na vida da gente, não é?

Pois sabe que não é? Um filho não muda tanto a vida da gente. Continuo fazendo mais ou menos as mesmas coisas que fazia e pensando mais ou menos as mesmas coisas que pensava antes de ele nascer, com pequenas adaptações de rotina que, afinal, não são importantes. O que mudou, quando me tornei pai, mudou por causa daquele sentimento ao qual me referi acima. Por causa da responsabilidade. Dizem que um pai deve dar o que há de melhor PARA o seu filho. Nada disso. Na verdade, e foi isso o mais importante de tudo que aprendi, um pai tem que ser o melhor que puder PELO seu filho. E é assim que é, e isso é poderoso: hoje, tenho de ser uma pessoa melhor do que eu era. Melhor do que jamais quis ser.

GRÁFICA EDITORA
**Pallotti**
IMAGEM DE QUALIDADE

Santa Maria - RS - Fone/Fax: (55) 3220.4500
**www.pallotti.com.br**